Allí Donde el Mar Recuerda

Testimonio de Mérito
Ganador del Premio Novelístico de Minnesota

"Desde el principio hasta el final de la obra *A Place Where the Sea Remembers*, las descripciones de la Sra. Benítez de los personajes y lugares son directas, y los ritmos staccatos de su prosa se ajustan a la perfección a esta fábula obscura de una historia. Benítez ha creado un pequeño mundo . . . y lo ha poblado con personas a quienes estimamos, a quienes alentamos y cuyos defectos estamos dispuestos a perdonar".

—CHRIS BOHJALIAN, *The New York Times Book Review*

"De estilo delicado . . . , una novela de fábulas cuidadosamente relacionadas. Cada historia contiene una moraleja velada que se trasluce tanto en el lenguaje como en los silencios de esta aldea costera y sus habitantes. Unidas, crean un libro de chispeantes realidades".

—CRISTINA GARCÍA, *The Washington Post Book World*

"Sus entretenidas texturas de los sentimientos familiares recuerdan al lector a *Like Water for Chocolate*. . . . El toque ligero de Benítez evita el patetismo y revela el porqué el modo de vida de Santiago tiene un encanto innegable".

—ROBERT TAYLOR, *The Boston Globe*

"*A Place Where the Sea Remembers* es una tragedia contemporánea y universal, con resonancias de esperanza. Sandra Benítez bosqueja ricas y complejas imágenes de los habitantes de esta aldea costera mexicana. . . . El reparto de personajes me ha obsesionado desde que leí el libro. Lo recomiendo en sumo grado".

—RUDOLFO ANAYA, autor de *Bless Me, Ultima*

"El mundo de Sandra Benítez es un mundo conmovedor, apasionado, agridulce. En él no hay don nadies. Sus personajes son magníficos, compasivos, criaturas con almas arraigadas a la costa".

—DENISE CHÁVEZ, autora de *Face of an Angel*

"Una novela pintoresca, hermosa y tensa que cosecha laureles en numerosos niveles artísticos. Ciertamente que Sandra Benítez ha puesto su corazón en este libro y no dudo que el lector ha de sentir la pujanza emocional de una nueva y espléndida cuentista".

—TIM O'BRIEN

"Desde la primera página exuda gracia, belleza, y amor, características poco comunes en una primera novela. . . . *A Place Where the Sea Remembers* es un logro extraordinario, pues enaltece la pasión y la dignidad de una cultura generalmente descartada y mal interpretada".

—*Minnesota Daily*

Allí Donde el Mar Recuerda

UNA NOVELA DE

SANDRA BENÍTEZ

TRADUCIDA POR SUSANA BENÍTEZ LACY

SIMON & SCHUSTER
LIBROS EN ESPAÑOL

SIMON & SCHUSTER, INC.
Rockefeller Center
1230 Avenue of the Americas
New York, NY 10020

Esta obra es una novela. Los nombres, personajes, lugares, e incidentes son productos de la imaginación de la autora o se emplean de manera ficticia. Cualquier semejanza a reales acontecimientos, lugares, o personas, vivas o muertas, es pura coincidencia.

Copyright © 1993 por Sandra Benítez.
Traducción copyright ©1996 por Simon & Schuster, Inc.

Todos los derechos reservados, incluso el derecho de reproducir la obra en su totalidad o parcialmente en cualquier forma.

Publicado en inglés como *A Place Where the Sea Remembers.*

Publicado de acuerdo con Coffee House Press.

SIMON & SCHUSTER y su colofón son marcas registradas de Simon & Schuster, Inc.

Diseño por Irving Perkins Associates.
Producida por K&N BOOKWORKS.

Hecho en los Estados Unidos de América
10 9 8 7 6 5 4 3 2

Datos de catalogación de la Biblioteca del Congreso:
puede solicitarse informatión.

ISBN 0-684-82388-8

para Jaimsey,
mi hombre,
fuerte, fiel, formal

y
en memoria de Abuelito,
Celestino Benítez Morales

Allí Donde el Mar Recuerda

CAPÍTULO UNO

Remedios

LA CURANDERA

REMEDIOS ESTÁ DE pie a la orilla del mar. La vieja curandera está cansada y su cansancio se debe, en parte, a la infinidad de veces que se ha visto obligada a inclinar la cabeza para escuchar la historia de algún confidente. Es así como Remedios está al tanto de las historias del pueblo, como también lo está el mar, el testigo ocular.

Remedios desliza su mirada sobre el insondable mar. Sobre su brazo sostiene el pico de un pez espada, algo que durante años ha considerado una de sus más preciadas posesiones. Remedios guarda el pico en su choza, sobre el altar… la mesa santa. No así hoy. Hoy lo ha traído al mar como símbolo de las aguas, y de los extraordinarios peces que en ellas habitan. Además, lo ha traído porque con el pico del pez espada ubica a los ahogados.

Hoy, Remedios espera la ola azul que arrojará un cuerpo sobre la playa. El cuerpo que esperamos, piensa, el mar lo devolverá. Hoy, mañana, imposible predecir, puesto que al mar no hay que apremiarlo. Otros, en el punto más apartado del despeñadero, donde el río y el mar convergen, se retuercen las manos y contienen la respiración. No así Remedios. El pico la ha traído a este lugar, y es aquí donde ella vela.

Remedios recoge su larga falda obscura entre las piernas, se pone en cuclillas y coloca el pico sobre la falda. De su cuello pende, exactamente sobre su corazón, la bolsa de medicamentos que contiene amuletos secretos que imparten vigor y poder. Remedios cubre la bolsa con la palma de la mano, mientras se esfuerza por palpar la espumosa agua salada que ondula hacia ella. En la cáustica honradez de la sal, el mar revela sus secretos a los interesados en escucharle. Toca su lengua con el dedo y afloran los relatos.

El mar recuerda y así lo cuenta.

Capítulo Dos

Candelario Marroquín

EL ENSALADERO

AL SIGUIENTE DÍA de su ascenso a ensaladero, Candelario Marroquín pintó la puerta de su casa de color azul celeste. El azul era su obsesión. Desde joven siempre había encontrado solaz en el azul muy especial del amanecer. Las estrellas azuladas que bordeaban el manto de Nuestra Señora, por regla general le inducían a orar, y el centelleante cobalto del mar le producía tal excitación, que en ocasiones se veía obligado a darle la espalda. —Cuando se trata de azul —decía Chayo, su mujer—, ¡quién lo entiende! Ella estaba fuera cuando Candelario empezó a pintar la puerta. Había llevado a la playa una cesta de flores de papel, pues confiaba vendérselas a los turistas.

Candelario pintaba su puerta en un acto de pura celebración. Cada pincelada lo calmaba y lo inundaba de paz. Ahora que había dejado de ser un simple camarero para convertirse en ensaladero, usaría la faja y el corbatín almidonado. Su figura, pequeña y gruesa, luciría más distinguida e importante en el comedor, donde la concurrencia era muy nutrida. Además, el salario y las propinas aumentarían. En los años siguientes a su matrimonio, Candelario y Chayo habían trabajado duro y ganado poco. Así se desenvuelve la vida aquí en Santiago. Cuando vivía al otro lado de las montañas que se extienden hasta la propia ciudad de México, Candelario se había ocupado de los toros de lidia. Su trabajo era brutal, mas siempre había comida suficiente, y la mayor parte del tiempo, sobraban algunos pesos para degustar un vaso o dos de pulque en la cantina.

Una vez casado, se había convertido en un hombre mucho más serio. A insistencia de Chayo había dejado los toros para llevar una vida más tranquila. Ya no tomaba, pues los pocos pesos que ganaba en el restaurante no le permitían ese lujo. Chayo, a su vez, sentía el peso de las vicisitudes de la vida. En ocasiones los turistas eran tan vivos al regatear, que nunca podía contar con mucho de la venta de sus ramos. No obstante, todo eso era cosa del pasado. Ahora que era ensaladero, su suerte sin duda habría de cambiar.

El día se prestaba para la pintura. El sol estaba en alto y escasamente soplaba el aire. Candelario Marroquín dio un paso atrás para contemplar su obra. El esmalte se había adherido suavemente a la puerta de metal. En la parte superior, donde la pintura estaba casi seca, la puerta reflejaba la claridad de la mañana. Candelario pensó . . . tengo que agradecer ésto al patrón. Don Gustavo del Norte era el dueño del restaurante donde trabajaba Candelario. Don Gustavo era un hombre grande, de músculos flácidos aunque muy rápido en sus reacciones. Había abierto su establecimiento poco después de mudarse a Santiago. Hacía cinco meses se había trasladado de Guadalajara donde había vivido por muchos años, y donde había sido propietario de una fábrica de vidrio en el cercano pueblecito de Tlaquepaque. Candelario Marroquín nunca había viajado tan lejos, y era incapaz de imaginarse un pueblo rebosante de tiendecitas dedicadas todas a los caprichos de los turistas. Le había consultado a Hortensio, el escanciador, sobre el particular. Hortensio había trabajado para don Gustavo en la fábrica de vidrio, y conocía el sentir de los comerciantes y las costumbres de una ciudad como Guadalajara.

—¿Por qué razón había cambiado don Gustavo un negocio por otro? —preguntó Candelario—. ¿No está don Gustavo más versado en el negocio de vidrio que en el de la comida?

Hortensio no había contestado a ninguna de las preguntas. Por respuesta se encogió de hombros y continuó sacándole brillo al vasito de plata que pendía de la cadena alrededor de su cuello.

Candelario se puso en cuclillas para pintar el tramo inferior de la puerta. Los motivos del patrón no eran de su incumbencia. Don Gustavo era un hombre de ideas brillantes, y últimamente se le había ocurrido que los turistas de Santiago merecían algo más que tacos y enchiladas. Hacía una semana que le había dicho a Candelario que ofrecería algo diferente: una especialidad que daría a conocer el restaurante. Había optado por la ensalada César. El propio don Gustavo había enseñado a Candelario como hacerla. —Para una ensalada perfecta —dijo el patrón— la ensaladera correcta es indispensable. El había traído una de Guadalajara, ancha en la base y laqueada de negro, con lados no muy altos. —Debes preparar esta ensalada como si tuvieras un don especial —dijo don Gustavo—. Candelario Marroquín no había pasado por alto la recomendación. En su fuero interno estaba orgulloso de su actuación en el ruedo. Ahora traspondría su bravura al carrito de las ensaladas.

—Tenemos anchoas —dijo Candelario al terminar de pintar—. Remedó las instrucciones de don Gustavo, respingando la nariz con el olor acre de la pintura. —Luego viene la mostaza, y después los limones—. En ese momento el sol brilló sobre la puerta con tal intensidad que lo hizo parpadear. —Después los huevos y luego la lechuga romana—. Candelario Marroquín visualizó su carrito: las tablillas de los lados para las botellas y los pequeños saleros y pimenteros, la tablilla inferior para los platos de ensalada bordeados de delicados pajaritos del color de su puerta.

Candelario colocó la brocha sobre la lata de pintura y se sentó en el suelo contra la pared de la casa. Se limpió la frente con el dorso de la mano, y dirigió la mirada al seco cauce del río que pasaba frente a la casa y desembocaba en el mar. Durante la estación de sequía el arroyo servía de camino, y ahora Chayo caminaba por él, a su regreso de la playa. Marta, la hermana de Chayo, la acompañaba. Marta tenía quince años, cuatro años más joven que Chayo. Ambas tenían el mismo lunar obscuro en la parte superior del pómulo, debajo del ojo izquierdo. Candelario observó que el embarazo de Marta aún no era visible, por lo que daba gracias a Dios. Una vez lo fuera, ya habría tiempo suficiente para las habladurías del pueblo.

Candelario tenía la certeza de que el hecho de que él y Chayo no hubiesen tenido hijos, era la comidilla del pueblo. Le mortificaba pensar que tanto su nombre como el de Chayo estuviesen en boca de tanta gente. A menudo se preguntaba si era lástima lo que la gente sentía por ellos. Se imaginaba lo que pensarían: —Pobre Chayo. En estos dos años podrían haber tenido dos críos—. A Candelario se le ponían los pelos de punta, pues detestaba la compasión. Su propio sentir, en cuanto a la condición de su mujer, estaba dividido. Sin embargo, comprendía que el tener hijos demostraría su hombría, y más bocas que alimentar significarían un gran peso para él.

Chayo y Marta se acercaron a Candelario. Al ver la puerta azul, Chayo entornó los ojos. —No me sorprende —dijo.

Candelario no comentó, pero le complació la observación de su mujer. Los tres se sentaron bajo el limonero que crecía al extremo del patio, ya que no podían entrar en la casa hasta que la pintura del tirador de la puerta se secase.

—Hoy vendí todas mis flores —dijo Chayo colocando su falda bajo sus piernas. Además, un turista quiso mi cesta, y también se la vendí.

—Gané dieciséis mil pesos —dijo Marta.

—La buena suerte nos sonríe hoy —contestó Candelario, embargado por una profunda sensación de contento. Últimamente, su vida parecía haber cambiado, pues las cosas marchaban bien una vez más. —Con el dinero compraremos más pintura y así podré pintar el interior de la casa

—dijo. La casa del matrimonio constaba de una sola habitación y una ventana. La cama matrimonial estaba debajo de la ventana, uno de sus lados contra la pared. Los muebles habían pertenecido a la madre de Chayo. —Cuando muera, deseo que tú los tengas —había dicho ella.

—Dentro de unos días el médico vendrá al pueblo, —observó Marta, alisando su vestido sobre el vientre. Si he de poner fin a esta situación, es necesario hacerlo pronto. El tiempo apremia.

—¿Qué es eso? —se preguntó Candelario—. Por regla general no ponía atención cuando las mujeres hablaban. Había observado que, de una manera u otra, las mujeres siempre hablaban de la vida o de la muerte, y él prefería temas más prácticos. Hoy, no obstante, prestó atención a la conversación de ambas.

—No sé si es lo correcto —dijo Chayo.

—Sí que lo es —replicó Marta—. A pesar de sus pocos años, tenía tal determinación y demostraba tal vehemencia en sus actuaciones, que resultaba raro entre las jovencitas de Santiago. —Es lo correcto, puesto que Roberto hizo esto contra mi voluntad. Cerró el puño y asestó un golpe sobre su vientre. Si tengo este niño lo odiaré durante toda mi vida. Lo odiaré tal como odio a Roberto.

—Ten el niño —observó Chayo— tía Fina te ayudará a criarlo. Marta vivía con tía Fina, tía de ambas, en una pensión de Santiago.

—Tía Fina no puede hacerlo, pues su corazón no le permite cuidar niños. Además, no deseo tener un hijo. Deseo ver al doctor tan pronto llegue. El es el único que puede ayudarme.

—He oído hablar de infección y de muerte como resultado de lo que deseas —observó Chayo.

—El doctor viene de Guadalajara, donde ha aprendido muchas cosas. No me hará daño.

—Si lo haces, condenarás tu alma —dijo Chayo.

Marta arrancó un puñado de yerba de la tierra. —Quizás

las almas puedan purificarse —dijo— y dejó caer la yerba entre los dedos.

Chayo negó con la cabeza. —El Padre Mario condenará tu proceder.

—El cura no puede ver dentro de mi corazón. No es él quien tiene que juzgar.

Por un momento, ambas callaron y Candelario pensó que habían agotado el tema y que la sinceridad de Marta había dado por terminada la conversación. Sin embargo, Chayo preguntó: —¿Qué dices de Remedios? Sin duda la curandera te dirá lo que debes hacer.

Marta dirigió la mirada arroyo arriba. —No necesito la curandera. Yo sé demasiado bien lo que más me conviene.

—¿Y, el doctor —preguntó Chayo— cuánto cobra?

—Cien mil pesos —respondió Marta—. He ahorrado algún dinero, pero me falta más. Si ganaría lo suficiente yo misma pagaría por esto. Marta limpiaba las habitaciones del mejor hotel del pueblo.

Candelario dobló en dos una hoja del limonero, dejando escapar su aroma, y la estrujó entre sus dedos salpicados de pintura. Cien mil pesos. Con buenas propinas tardaría semanas en ganar esa suma.

—¿Estás segura del costo? —preguntó Chayo.

—Todo lo que puedo estarlo —dijo Marta—. Luz me lo dijo. Luz trabajaba con Marta en el hotel y vivía en la misma pensión que Marta y su tía.

—Yo soy el ensaladero —dijo Candelario Marroquín—. Ten el niño, y Chayo y yo lo adoptaremos —dijo eso sin pensarlo. ¿Cómo se le había ocurrido tal cosa? ¿Podría retractarlo?

—Cande —dijo Marta suavizando la expresión de su semblante—. Miró a su hermana, quien sorprendida había abierto sus ojos muy grandes y contemplaba a Candelario fijamente. Marta a su vez se dio vuelta para mirarlo. —Cande, ¿estás seguro?

Candelario Marroquín sacó el pecho para demostrar su sinceridad. —Ahora que soy ensaladero, tendremos suficiente dinero para criar a tu hijo. ¿Qué otra cosa podía decir? Había hecho la oferta, y es el deber de un hombre cumplir su palabra. Jamás ponía en duda sus propias decisiones aún cuando las hiciera a la carrera. Con los toros, un momento de indecisión puede resultar en una cornada. Miró a su esposa, pero sólo pudo observar la palidez que hacía aparecer el lunar bajo su ojo aún más obscuro.

Marta tocó levemente el hombro de su hermana. —Chayo, ¿en verdad que harías eso por mí?

—Cande así lo dice, y así será.

—Odiaré menos al niño si ustedes lo crian —observó Marta.

Pasados algunos meses, muy tarde en la noche, Candelario Marroquín llegó a su hogar después del trabajo, colocó su faja y su corbatín sobre la cómoda y, como no tenía sueño, abrió la puerta. Dirigió la mirada hacia el otro lado del arroyo. A la luz de la luna las casitas allí construidas en hilera parecían fardos blancos. El olor del humo rezagado de las labores cotidianas llegaba a él, y Candelario pudo así darse cuenta de la laborosidad de sus vecinos.

Desde la cama, Chayo dijo: —Tuve un sueño—. Había estado dormida cuando entró Candelario, mas ahora estaba sentada contra la pared, con las piernas contra su pecho. Su largo pelo caía como una mantilla obscura sobre los fruncidos y las alforzitas de su camisón. Le contó a Candelario el sueño que había tenido y del que él la había despertado.

Estaba parada a la orilla del mar. Las olas llegaban hasta ella con un ritmo incesante; primero le mojaban los pies, luego los tobillos y por último las pantorillas. Atisbó la lejanía del mar y lanzó una flor teñida de azul zafiro a la cresta de cada ola. Soñaba con ver sus flores de papel ondular sobre las olas hasta encontrarse con la estrecha línea del horizonte.

—Cande, ¿crees que fue un mal sueño? —preguntó.

—Como ha de serlo —replicó él— cuando el sueño estaba cuajado de azul.

Después de un rato, estando los dos acurrucados en la cama, Candelario susurró: —Mañana don Gustavo recibirá unos huéspedes muy importantes. De Guadalajara vendrá el doctor que tiene la clínica. Una brisa fresca entraba por la ventana y ambos se arroparon con la frazada. El doctor y su esposa son amigos de don Gustavo y él se desvive por impresionarlos.

Chayo guardó silencio durante un rato, y luego dijo: —Es a él a quien Marta hubiera ido. Ese doctor siempre ayuda a las mujeres.

Candelario ya había pensado durante un tiempo en el cambio que habría en sus vidas con la llegada del bebé de Marta. En el trascurso de los meses había tenido otro pensamiento. ¿Podría la presencia del niño inducir la matriz de Chayo a que le diera a él un niño? Por esa razón amaría más al niño de Marta. Sin duda así sería. En un momento de lucidez se había permitido mirar hacia el futuro. Se veía, en un mañana aún borrosa, como jefe de una familia de muchos hijos. En su imaginación veía a sus hijos admirando su faja y su corbatín almidonado. Candelario suspiró de contento. —Soy un hombre afortunado —dijo—. No necesitamos la ayuda del doctor. Chayo se estremeció y le dio la espalda, mas él pensó que lo había hecho debido a la frialdad del cuarto. Prepararé la ensalada César para ellos —añadió—. Sin duda recibiré una buena propina.

—Y, ¿si no les gusta la ensalada? —preguntó Chayo—. ¿Qué sucederá entonces?

—No debes preocuparte —contestó él—. Si son difíciles de complacer, no demoraré en dar explicaciones. Siempre lo hago con los exigentes. Durante los meses que había desempeñado el puesto de ensaladero, había tenido algunas quejas sobre la ensalada, pero siempre había tenido el acierto de salir airoso. No había necesidad de inmiscuir al patrón —

pensó. Candelario explicaba a los huéspedes que esta era la ensalada de don Gustavo y como tal, era especial, y muy diferente. El mismo Candelario sabía lo diferente que era, con todas esas hojas verdes bañadas de mostaza y de huevo. En cierta ocasión había probado la ensalada y juró que jamás lo volvería a hacer. —¿Cómo es posible que la gente coma ésto? —se había preguntado a sí mismo—. Mas, ¿quién era él para juzgar la comida que deleitaba a los ricos? ¿No comían puré de papas y ese mejunje llamado yogur? De sólo pensarlo Candelario se estremecía.

Chayo dijo: —El doctor y su esposa son ricos. Beberán vino importado. La propina de Hortensio será mayor que la tuya.

—No importa —dijo Candelario—. Sólo deseo mi parte. Se dio vuelta y se acurrucó contra la espalda de su mujer, respirando la fragancia que siempre emanaba de su pelo.

A la noche siguiente, Candelario Marroquín observaba mientras el propio don Gustavo sentaba a los visitantes a una mesa con la mejor vista al mar. Candelario permanecía a un lado esperando que el patrón castañeteara los dedos. Cuando fue llamado a servir, llevó su carrito hasta los comensales. —Buenas noches —dijo al matrimonio y colocó las servilletas de hilo sobre las rodillas de cada uno. Don Gustavo revoloteaba detrás del doctor, un hombre de mediana edad cuyo protuberante vientre lo mantenía a un ángulo de la mesa. La esposa, muy delgada y quemada por el sol, lucía gruesos brazaletes de oro en sus muñecas. Ya hacía tiempo que Candelario había observado que las mujeres ricas se esfuerzan por estar delgadas. Algo curioso . . . tener comida en abundancia y optar por ayunar.

—Traiganos la ensalada César —dijo la mujer a Candelario—. Es mi favorita, y en lo que a mí respecta, será mi comida.

El doctor observó: —Además, yo deseo bistec y una papa—. Volviéndose a don Gustavo —dijo—: Gustavo, ¿no nos acompaña antes con una copa de champán? María Elena y yo deseamos ofrecer un brindis por su nueva empresa. Acto seguido, alzó la mano y recorrió el salón.

—Saltar del negocio de vidrio al de restaurantes resulta interesante —dijo la esposa—. Las medallas que colgaban de sus brazaletes chocaban entre sí y producían un sonido agradable.

—Un cambio interesante que conlleva mucho trabajo —respondió don Gustavo—. Volviéndose hacia el doctor, añadió: —Para mí será un placer acompañarlos, pero sólo como mis invitados—. Se sentó, ordenó el vino a Hortensio, y luego, con palmadas, ordenó a Candelario que empezara a preparar la ensalada.

—Lo observaré mientras hace la ensalada César —dijo la mujer.

Con una sonrisa, Candelario colocó dos anchoas en el fondo de la ensaladera. Con un tenedor las machacó hasta obtener una pasta. Puesto que la mujer lo observaba, machacó como el que tiene un don especial.

—Hoy pasé frente a la clínica —dijo don Gustavo—. La fila de pacientes se extendía hasta la calle. Usted es un hombre muy ocupado.

—Cuando venimos aquí, no lo veo hasta el anochecer —dijo la esposa del doctor—. Me paso el día en la playa.

Candelario alzó la vista para verla tomar un sorbo de agua de su vaso y enjugarse sus rojos labios con una servilleta. Con una cuchara de sopa Candelario sacó tres cucharadas del frasco de mostaza y las dejó caer en la ensaladera. Mezcló la mostaza con la pasta de anchoas, ufano de que el patrón observara la exactitud con que seguía la receta.

Candelario echó una mirada a la mesa y se sintió defraudado por haber perdido su público. Hortensio había hecho acto de presencia llevando el cubo con hielo. Hizo alarde de su pericia en destapar la botella de champán, y vertió el vino en vasos en forma de tulipán.

—Usted hace mucho por las mujeres de Santiago —dijo don Gustavo después que el médico había brindado y Hortensio se había marchado a atender otra mesa—. Muchos de los niños no sobrevivirían a no ser por su clínica.

—Es lo menos que puedo hacer —contestó el doctor, acomodándose en la silla—. Usted sabe el éxito de mi clínica en Guadalajara. He tenido mucha suerte. Vengo aquí periódicamente para proporcionar ayuda a aquellos que no están en condiciones de obtenerla por sus propios medios. Cuando la vida nos sonríe, cabe amparar a nuestros semejantes.

La gente necesita se les eduque —observó don Gustavo—. Algunos viven en la inmundicia. Sus hijos están siempre sucios. No en balde tantos se enferman y mueren.

Candelario Marroquín pinchó la mitad de un limón con el tenedor y exprimió el jugo dentro de la ensaladera. *Edúquelos.* ¿Cuántas veces había oído esas palabras? Le avergonzaba que a los veintiocho años no supiera leer, y que lo único que podía escribir era garrapatear su nombre. Si deseara instruirse, ¿quién le enseñaría? Con cuanta facilidad habla la gente rica de soluciones. ¡Que tranquilas y sencillas aparentaban ser sus vidas!

—No siempre es culpa de las personas la inmundicia que las rodea —dijo el doctor—. La inmundicia es un síntoma de la corrupción de nuestra sociedad. Es una enfermedad que se agudiza con la pobreza. Yo trato de hacer lo que puedo, aunque desearía hacer mucho más.

Su esposa observó: —Federico, tú haces mucho por la gente, —y volviéndose a don Gustavo comentó—: El trae niños al mundo casi de gratis. Si desde el punto de vista terapéutico el aborto es indicado, él lo hace igual de barato.

Candelario echó dos huevos en la ensaladera, como se le había enseñado, aunque seguía con interés el curso de la conversación.

Don Gustavo parloteó: —Abortos —dijo, bajando la voz y echando una rápida mirada alrededor del comedor antes de dirigirse al doctor—. Usted bien sabe que los abortos son ilegales.

—Mi querido Gustavo —replicó el médico—. Por supuesto que lo son. María Elena es muy puntillosa en cuanto a los términos médicos exactos. Quizás usted se sienta más cómodo si ella empleara el término terminación del embarazo, al referirse a los abortos terapeúticos. ¿Sabe usted que los abortos son legales cuando la causa es justa?

Candelario batió los huevos y su tenedor sonaba al chocar contra los lados de la ensaladera.

—¿Y qué consideraría usted una causa justa? —preguntó don Gustavo.

—El riesgo que corre la vida de la madre a causa del feto —contestó el médico—. Ciertas deformidades del feto.

—Violación —dijo la mujer.

—¿Violación? —manifestó don Gustavo.

—Considero —observó el médico— que la violación justifica el procedimiento.

—Tanto la ley como la Iglesia reñirían con usted sobre el particular —dijo don Gustavo.

—Mi buen hombre —contestó el doctor—, estoy acostumbrado a reñir con la Iglesia.

Candelario apretó la mandíbula. Sentía las cuerdas de su cuello ejerciendo presión sobre su corbatín.

—Mas, ¿cómo sabe usted que se trata de un acto de violación? —preguntó don Gustavo—. Por supuesto que usted no cree a todas las mujeres que alegan haber sido violadas?

Candelario puso el tenedor sobre el carrito. Se sentía acalorado y tuvo que limpiarse la palma de las manos en el delantal.

—Y, ¿a quién quiere usted que él crea? —preguntó la esposa del doctor—. ¿Cree usted que Federico se da el lujo de entrevistar a los hombres en cuestión?

—María Elena —dijo don Gustavo con una risita—, usted suena muy norteamericana.

La mujer replicó. —No, no. No es eso. Estamos en los años ochenta, ¿comprende?

Después de una pausa, preguntó don Gustavo. —Esos procedimientos, ¿los hace usted gratis?

—Mis honorarios son muy moderados —dijo el doctor.

—Cobra veinte mil pesos. —dijo la mujer—. Es una suma que cualquier mujer puede pagar.

Candelario tomó dos platos de la parte inferior del carrito, los colocó junto a la ensaladera y revolvió la ensalada por última vez. Las hojas de lechuga brillaban con el baño de huevo. Veinte mil pesos. Debió haberlo sabido. ¿Por qué Marta había escuchado a su amiga Luz? Luz era muy atolondrada, una soñadora y, ¿quién podía confiar en una persona como ella? Candelario sirvió a la pareja, salpicó queso sobre las ensaladas y llevó el carrito al costado del comedor. Hubiera deseado que el destino no le hubiese designado esa mesa, y que meses atrás, no hubiese contribuído al cambio en la vida de Marta.

Soy el ensaladero, musitaba. No tengo porqué temerle al futuro. Fue a la cocina a escoger la lechuga para la próxima ensalada.

Candelario estaba ante la refrigeradora cuando don Gustavo irrumpió en la pieza.

—Hay un problema en la mesa del doctor. Se trata de la ensalada. No pueden comerla. ¿Qué has hecho?

—¿Cómo puede ser? —dijo Candelario—. La hice como debía hacerla. Debo hablarles. Se llevó la mano al corbatín y salió de prisa hacia el comedor, con el patrón a sus talones.

—¿Puedo servirles en algo? —dijo Candelario al doctor y a su esposa. Cada uno tenía el plato de ensalada ante sí. La mujer no había tocado el suyo, y el doctor apenas había probado bocado.

—No es nada —dijo la mujer—. Le dijimos a Gustavo que no era nada.

—Nada de eso, nada de eso —dijo el patrón—. Es obvio que se ha cometido un error. Si ustedes no pueden comer la ensalada, se ha cometido un error.

—Bien —contestó el doctor—. Le falta ajo y aceite, y tocó ligeramente el borde de su plato.

—Hay una razón para eso —dijo Candelario mirando al patrón furtivamente.

—Lo siento —dijo la esposa— pero tiene demasiado huevo para mi gusto. Empujó su plato hacia el centro de la mesa. Don Gustavo se dirigió a Candelario. —Explícame lo que hiciste.

Candelario asintió e informó a los huéspedes sobre la ensalada César de don Gustavo. Hinchó su pecho y mencionó los ingredientes: anchoas, mostaza, limón y por último los huevos. —Perdonen —dijo—, quise decir, por último el queso.

Después de su letanía hubo un silencio. El doctor y su esposa se miraron. Don Gustavo miró a su derredor. Los demás huéspedes habían dejado de comer y prestaban atención a lo que ocurría en aquella mesa.

Al analizar la situación, Candelario tuvo un presentimiento de mal agüero. —Yo hice la ensalada como se me enseñó —dijo—. Quizás haya muchas maneras de prepararla, pero yo la preparé de la única manera que sé. Sigo la receta según se me explicó. Candelario se daba cuenta de que las palabras le salían a borbotones. Debía hablar más despacio, con más detalles, pero el pánico le sobrecogía y le inducía a dar más explicaciones de las necesarias para obligarlos a disipar el falso juicio.

—Desearía saber quien enseñó a este indio —dijo don Gustavo—. ¿Quién ha oído hablar de una ensalada César sin ajo y aceite? Frunció los labios en señal de desagrado. Nada mas ridículo.

—Además, la ensalada lleva *croûtons* —dejó escapar la mujer y luego se tapó la boca con la mano.

—Por supuesto *croûtons* —dijo el patrón.

El doctor se levantó de la silla. —Gustavo —dijo—, por amor de Dios, le das demasiado importancia a una tontería.

—Para mí es importante —dijo don Gustavo golpeándose el pecho—. Se volteó hacia Candelario y añadió. —Te veré en la cocina.

Candelario iba por el pasillo cuando don Gustavo lo alcanzó.

—¿Comprendes lo que has hecho? —le dijo el patrón—. Metió la mano en el bolsillo, sacó un pañuelo y se enjugó la frente. —El doctor y su esposa son mis amigos. Son personas muy importantes. Tú me has avergonzado ante ellos.

—Pero, don Gustavo, si yo no cometí ningún error.

La cara del patrón estaba de un rojo subido. —Tú hiciste la ensalada y ellos no la pudieron comer. Todos las personas en el comedor se dieron cuenta de que no la pudieron comer.

—Pero don Gustavo, es su ensalada. Fue usted quien . . .

—Basta. No puedo emplear un ensaladero que no sabe hacer ensaladas. Mañana, indio de la chingada, puedes buscar trabajo en otro lugar.

Candelario Marroquín apagó las velas que adornaban las mesas del restaurante de don Gustavo. Algunas las apagó de un soplido, otras con los dedos, sin importarle el dolor, pues lo distraía de la ofensa que había sufrido antes, y de la humillación que sentía al verse obligado a terminar su trabajo antes de recibir su paga. Cuando apagó la última vela sus dedos estaban entumecidos. Los llevó a los labios, como si con el gesto, los pudiera aliviar.

Candelario colocó cada silla boca abajo sobre su respectiva mesa. Barrió el piso, fregó las baldosas con un trapo hasta quedar del color de piedras mojadas. Apagó las luces y miró hacia el mar. El mar no lo consoló. Las palabras de don Gustavo repercutían en su cerebro como olas que azotan.

Fue a la cocina. Hortensio estaba cerca del fregadero, su cara pálida bajo la mortecina luz de las luces fluorescentes.

—¿Dónde está don Gustavo? —preguntó Candelario.

—Se ha marchado. Si has terminado, yo tengo tu paga.

—He terminado.

Candelario Marroquín se quitó la faja de la cintura, así como el corbatín de su cuello. Dejó ambas cosas sobre la mesa. En silencio, tomó su dinero y salió a una noche obscura sin estrellas.

Capítulo Tres

Remedios Elementales

TIERRA

Remedios tiene su choza en la cima de la colina. El frente da al camino, y la parte de atrás al mar, que desde allí se vislumbra en la distancia. La choza tiene dos ventanas, paredes blanqueadas de cal, y techo de palmas entretejidas. Un par de nogales proporcionaban alguna sombra. Más allá de los árboles hay un maizal; hacia el costado, cacto, tal como San Pedro y cholla, áloe y agave, sembrados al terrero del sol.

El mobiliario de la choza es sencillo: un camastro y un gavetero, una mesa y algunas sillas. De las vigas del techo cuelgan algunas hierbas, entre ellas romero, salvia, hierbabuena, helecho macho, manzanilla, cola de caballo, malva y siemprevivas.

La mesa santa, o sea, el altar de Remedios, es el lugar predominante de la choza. Sobre el altar hay un paño de hilo blanco. Cuatro velas están alineadas en las cuatro direcciones sagradas y determinan el espacio que ocupa el altar. Tanto la tierra como el mar, han proporcionado varios objetos para la mesa santa: la pezuña hendida de un ciervo, el pico de un pez espada, piedras con características de serpientes y lechuzas, piedras pulidas por el río, el mar y el viento. Hay además conchas de tritón y de ostras, conchas de caracol y de nacre. También está sobre el altar, el murciélago de barro, obsequio de don Cipriano, su mentor, para conmemorar su renacimiento espiritual.

En un lado de la mesa santa se observan imágenes de

santos: San Rafael Arcángel, La Virgen Dolorosa, San Martín de Porres y El Santo Niño de Atocha. Jesús Crucificado ocupa el centro del altar.

En un cesto de junco hay mazos de artemisa y de cedro y en un tiznado tazón, gruesas pepitas de copal. Hay además mazorcas de maíz amarillo y un plato lleno con cal, una pipa de madera, tabaco en una petaca, y un pito hecho de arcilla roja que ella misma moldeó cuando tenía ocho años de edad, del barro que rodeaba su casa.

Pedernales de bordes cincelados y cristales pulidos descansan sobre la sabanilla del altar, así como una maraca de calabaza hueca. Un jarro ambarino con agua perfumada recoge los rayos del sol. Sobre el altar hay además plumas de urraca, de colibrí y de águila, huesos de conejo, piel de lagarto y de serpiente, y las alas iridiscentes de una libélula disecada.

Remedios se detiene ante la mesa santa, sus pies descalzos sobre su refrescante piso de tierra. Enciende las velas, empezando por la que representa la dirección este. Luego enciende el oloroso mazo de artemisa y procede a ondearlo, primero sobre su cabeza, y luego sobre sus brazos, sus piernas, hacia arriba, hasta el corazón, su verdadero centro de paz. A medida que tizna, invoca a la Madre, al Padre y al Magno Espíritu. Mientras ora, da vueltas en las direcciones sagradas. Aunque vieja, su voz es fuerte y resonante. Toma en sus manos la maraca de calabaza y canta en tono monótono: Yo soy la que sabe; soy mujer de hueso; soy mujer de aves; soy mujer femenina; mujer masculina; mujer de la luna; mujer del sol. Soy la que llora; la que sangra; la que habla. Soy la que grita; soy la mujer silenciosa; soy la mujer de la tierra; soy la del fuego; soy la del agua; soy la del aire. Soy la que guarda, la que retiene, la que sana. Soy Remedios, la curandera. Soy la que sabe.

Capítulo Cuatro

Fulgencio Llanos

EL FOTÓGRAFO

Fulgencio Llanos dobló la esquina justo cuando salía el autobús. Gritó, mas sin resultado. El autobús siguió rumbo a la carretera, dejando a su paso una estela de humo diesel que hizo toser a Fulgencio. —¡Chinga! exclamó—, a la vez que alzaba el trípode de madera que llevaba debajo del brazo. Era el último autobús que lo llevaría a su casa.

Fulgencio colocó su trípode sobre la acera, así como su maletín grande, cuadrado, que contenía su cámara y un gran surtido de accesorios que había coleccionado durante años, y que le servían de fondo para sus fotografías.

En el maletín guardaba también los rollos de fotografías que había tomado ayer de El Santo, el luchador Enmascarado, héroe de todo México. Sin duda las fotografías cambiarían la vida de Fulgencio, pues tenía un proyecto. Ir a la ciudad de México la semana entrante a visitar las oficinas de *La Tribuna*, el periódico conocido por sus artículos sobre los encuentros y hazañas del luchador. —He descubierto la identidad de El Santo —manifestaría Fulgencio—, y por un buen precio y la seguridad de hacerse famoso, le proporcionaría al periódico fotografías del luchador chapoteando entre las olas en una playa lejana, sin la máscara que le cubría toda la cara y que era su distintivo.

Fulgencio volvió a encasquetarse el sombrero sobre la frente, dirigió la mirada calle abajo y logró ver cuando el autobús entraba en la carretera y desaparecía al final de la calle, detrás de la cantina. Escupió sobre la acera, sacó un pañuelo del bolsillo, y se enjugó el rostro. Tendría que buscar como llegar a casa. Santiago, el pueblo que ahora era su hogar, estaba a unos treinta kilómetros de distancia. Eran casi las seis de la tarde. Metió el pañuelo en el bolsillo, y observó como el sol difundía su mortecina luz sobre la calle de tierra pisoteada, y la pared salpicada de barro de la cantina.

Fulgencio estaba cansado y hambriento, y no pensaba sino en llegar a casa y saborear la escudilla de sopa y el plato de camarones que acostumbraba pedir en el comedor de Lupe Bustos. Durante la tarde, hubo momentos cuando había recordado a Lupe, y el sólo pensar en su manera de contonearse al caminar por el comedor, era suficiente para revivirlo.

Fulgencio dio una suave patada a su maletín. Debió haber salido un poco antes de casa de doña Elvira Cantos. Mas no, había estado hablando con la mujer lo que le pareció mil horas, en la mal ventilada sala con muebles antiguos, tomando la insípida limonada que le había ofrecido, y tratando por todos los medios de esquivar su mirada, que insistía en posarse en la obscura barba incipiente que se insinuaba alrededor de los labios de la doña, y diciéndole que a pesar de ser una mujer madura, aún era una belleza, y esa belleza, sin duda la captaría la cámara. —Usted bien sabe que la cámara no miente —le dijo—. Ella se llevó su regordeta mano a la boca, y con una risita tonta y ojos parpadeantes, pequeños y húmedos como los de una paloma —dijo—, haciendo gorgoritos—: Ay, señor Llanos, mire que usted exagera. Y le sirvió otro vaso de limonada.

Terminó por beberse tres vasos, y a pesar de la proeza, no había accedido aún a posar para él. —Regrese mañana y discutiremos el asunto nuevamente —dijo—, rezongando un poco al levantarse del sofá.

Una vez en la acera, la vejiga de Fulgencio sintió el peso de toda aquella limonada. Me estoy poniendo viejo para ésto, pensó, resuelto a no volver a poner un pie en casa de aquella bruja. Fulgencio aún no había cumplido sus cincuenta, y durante más años de los que deseaba recordar, se había sostenido recorriendo los campos de México tomando fotografías de hombres, mujeres y niños y de los sucesos y pertenencias importantes de sus vidas.

Su vida no era fácil, pues se veía obligado a viajar constantemente de un pueblo a otro con su pesado equipo. Además había que hablar, y dar sus codazos para engatusar a la gente. No, su tarea cotidiana no era nada fácil, pues tenía que trabajar duro y recurrir a sutiles móviles para convencer a la gente de que lo que ellos tenían, lo que les sucedía, merecía una fotografía. —Las fotografías —se complacía en decir—, las fotografías de buen tamaño, bien encuadradas, son algo de gran valor en una casa.

Por supuesto, las cosas habían ido de mal en peor y el dinero escaseaba. Por tanto, en sus prácticas persuasivas tenía, por necesidad, que recurrir más y más a la ficción. Era agotador tener que usar tanto la imaginación, ser tan agradable, cuando, a decir verdad, había días cuando su corazón estaba muy lejos de sentir lo que decía. Sin embargo, todo eso había quedado atrás. Después de su viaje a la capital, su vida cambiaría. Le daba gracias a las estrellas que ayer lo habían llevado a la playa con su cámara y su lente telescópico.

Fulgencio Llanos se quitó el sombrero y se rascó la cabeza antes de volver a ponérselo. Alcanzó el trípode y volvió a colocárselo bajo el brazo. Alzó el maletín y se dispuso a cruzar la calle. Entraría a la cantina y aliviaría su vejiga. Luego tomaría una cerveza antes de caminar hasta la carretera con la esperanza de que algún carro lo recogiera.

Fulgencio había consumido la mitad de su Dos Equis cuando entró el gringo. El hombre era alto, y a pesar de ser algo delgado, al entrar, pareció llenar la pieza. El murmullo de la conversación de la cantina disminuyó al entrar el gringo, mas éste no pareció darse por enterado. Se dirigió a la barra y se sentó en el banquillo al lado de Fulgencio.

—Una Bohemia —le pidió el gringo al cantinero.

Fulgencio tomó un buen sorbo de cerveza. Velaba al

recién llegado por el espejo que estaba detrás de la barra. Las demás personas pronto perdieron interés. No así Fulgencio. Donde hay un gringo, por regla general hay un automóvil, pensó. Ya se veía en un automóvil camino del comedor de Lupe Bustos. Se imaginó a Lupe que lo observaba al bajarse de un largo y reluciente Cadillac. Vino el cantinero y puso una Bohemia frente al gringo.

Fulgencio examinó detenidamente al hombre que veía en el espejo. Portaba un sombrero de paja con un profundo doblez en la copa y un pañuelo rojo amarrado alrededor de éste. Parece un vaquero, pensó Fulgencio. El conocía a los vaqueros gringos de las películas. Montan a horcajadas sobre los caballos, mas no así este hombre. Este debe tener un Cadillac estacionado fuera, cerca de la puerta. Fulgencio trató de determinar el color del automóvil. Negro, pensó. No, rojo. Tenía que ser rojo.

—¿Es usted de la vecindad? —preguntó el gringo bruscamente. Hablaba en el español simple y directo de los gringos que viven al norte de la frontera.

Fulgencio se volvió hacia el hombre. —¿Habla usted conmigo, señor?

—Sí, con usted, mas no me diga señor. Soy Jaime, Jim, y le tendió la mano.

Con un apretón de mano, Fulgencio dijo: —Soy Fulgencio.

El gringo era muy amable, aunque la mayoría de los gringos lo son. Lo que más le sorprendió fue el tamaño de la mano, la fuerza del apretón, y el hecho de que llevaba el pelo en una gruesa cola de caballo, rubia, que sobresalía de su sombrero. Fulgencio se preguntó como no lo había notado antes. Tomó su vaso de cerveza, y se echó un buen trago. ¿Sería un arete lo que brillaba en la oreja del gringo? Fulgencio movió la cabeza y pensó: Este hombre no es un vaquero, es un *hippie.* Hacía ya algún tiempo que Fulgencio había visto uno de ellos. Recordaba cuando hace muchos años los *hippies* eran muy comunes en México. Traia a la memoria una película, muy popular en aquel entonces, sobre una banda de ellos que viajaba por todo el país en una furgoneta destartalada. En la mente de Fulgencio, el Cadillac rojo estacionado, de repente se transformó.

—Entonces, Fulgencio, ¿es usted de aquí?

—No, señor, soy de Santiago. Un poco más lejos de aquí. Fulgencio indicó con el anular la dirección de su casa.

—Yo voy a Santiago —dijo el gringo—. Más bien a Manzanillo, que no está tan lejos de Santiago.

—No, no está muy lejos—. Sí, era un arete lo que llevaba el gringo. Fulgencio recordó que en la película, los hippies no tenían automóvil. No tenían mucho de nada. Enviaban a sus muchachas a estacionarse al borde de las carreteras para que los automóviles se detuviesen por ellas. Fulgencio tomó el último trago de su cerveza. Es probable que este gringo no tenga auto, pensó. Quizás se muestre tan amable para que sea yo quien lo lleve. Fulgencio de nuevo se sintió cansado.

—¿Es usted fotógrafo? —dijo el gringo—. ¿Tiene un trípode? —y apuntó hacia el que estaba recostado contra la barra.

—Sí, soy fotógrafo, —dijo Fulgencio sin añadir otra palabra. Era hora de emprender el regreso. Ya había perdido demasiado tiempo hablando con una persona que no tenía un automóvil. Si tenía suerte, aún era de día para estacionarse en la carretera y pedir que alguien lo llevara a Santiago.

—¿Su camára?

Fulgencio puso el pie sobre el maletín que estaba en el suelo, al lado del taburete. —Aquí.

—¿Una Minolta? ¿Una Nikon?

Fulgencio sacudió la cabeza. —Una Speed Gráfica. —Se bajó del taburete. —Bueno, señor Jaime, debo partir. Tengo que buscar quien me lleve y pronto será de noche—. Así pues, saldría la verdad. El no tenía auto. Seguramente, la amistosa conversación llegaría a su fin.

Dijo el gringo: —Yo tengo un coche; puede venir conmigo.

—¡Ajá! —exclamó Fulgencio con una gran sonrisa—. ¿Tiene usted lugar para mi equipo?

El gringo asintió. —Mi coche es muy grande.

Pagaron por sus cervezas y Fulgencio recogió sus bártulos. Los dos hombres salieron a la calle. Estacionada contra la acera estaba una vieja camioneta Ford con altos guardafangos y un capó ancho y reluciente. Los costados del auto y hasta la puerta de atrás, estaban cubiertos con entrepaños de madera color crema. Dentro, cortinas a cuadros rojos cubrían las ventanillas laterales.

El gringo se dirigió hacia la puerta delantera del lado del pasajero.

—Este es Woody. Sonrió y le dio una palmadita al techo del coche.

Fulgencio no sabía el significado del nombre, pero trató de ser cortés, y levantó un dedo hasta el ala de su sombrero. —Hola, "Woodie", —dijo—. No es un Cadillac, pensó, pero tiene ruedas y me llevará a casa.

El gringo abrió la puerta de par en par. Metió una mano dentro para abrir la puerta trasera y también la abrió. —Coloque sus cosas ahí —dijo, indicando la parte de atrás.

Fulgencio metió la cabeza dentro.

El interior era inimaginable. También estaba revestido con entrepaños de madera, y el volante era dos veces más grande que el de la mayoría de los coches. En el lugar del asiento trasero, había un colchón estrecho y sobre él, montones de ropa, unas cuantas almohadas sin fundas, y un arrugado serape, descolorido y deshilachado. Además del colchón, y ocupando la mayor parte del espacio restante, había cajas de cartón rebosantes de distintos objetos. Había además, dos montañas de sombreros de paja, una caja llena de machetes enfundados y montones de camisetas con coloridos diseños y palabras extranjeras. También había montones de *audiocassettes*, pequeños radios transistores y calculadoras no más grandes que la palma de la mano, vasos y jarras de barro. En una de las esquinas del coche, había cierto número de orquestas de mariachis en miniatura, cada grupo compuesto de ranas disecadas y rellenadas, con pequeños sombreros caprichosos, tocando instrumentos también en miniatura.

—¡Ay, chihuahua! —dijo Fulgencio para sus adentros—. El gringo tiene aquí un pequeño mercado. Fulgencio se preguntó cómo sería que el hombre pudo haber coleccionado tanta mercancía, aunque jamás se le hubiese ocurrido hacerle esa pregunta tan indiscreta. Puesto que él también era un hombre de negocios, todo hombre tenía derecho a proteger los secretos de su oficio.

Fulgencio tomó su maletín y lo puso en el centro del colchón y colocó su trípode entre la caja y el espaldar del asiento delantero. En un abrir y cerrar de ojos él y el gringo estaban en la carretera camino de Santiago.

Aún no había cerrado la noche y el tráfico era escaso. Fulgencio Llanos se recostó con el codo fuera de la ventanilla abierta. Echó una mirada al gringo y dijo: —Esas orquestas de mariachis que están atrás . . .

—¿Sí?

—Las ranas, ¿intenta usted venderlas o las colecciona? Fulgencio dijo lo de coleccionarlas para no aparecer entremetido. La verdad era que no podía imaginarse porqué una persona deseaba coleccionar algo tan repugnante como ranas muertas, con vientres protuberantes y patas de palillo.

El gringo mantuvo sus ojos en la carretera. —Hombre, ¿desea usted comprar, o es simple curiosidad?

—Tengo curiosidad, supongo, porque si desea vender las ranas, voy a proponerle algo.

—¿Y cual es la propuesta—? Esta vez el gringo volteó la cara hacia Fulgencio.

—Yo podría fotografiar las ranas con fondos interesantes. Usted podría comprarme las fotografías y luego venderlas.

—¿Cree usted?

—Sí, lo creo.

El gringo volvió a mirar hacia la carretera.

—Pues, ¿qué le parece? —dijo Fulgencio, dándole al gringo un momento para reflexionar. Yo podría poner pequeñas palmeras detrás de las ranas de la marimba. Las dos con guitarras podría colocarlas debajo de una ventana como si estuviesen llevando serenata a una señorita. No sé si hay ranas femeninas, pero yo podría ponerle peluca a la que tiene la corneta. Bien sabía que entre sus accesorios no había palmeras, balcón, ni peluca, pero esos eran detalles poco importantes que por el momento bien podía pasar por alto.

—No creo —dijo el gringo después de un momento.

—¿No?

—No, creo que no —dijo el gringo con un sonrisa.

Fulgencio se encogió de hombros y sonrió a su vez.

—Muy bien.

Se sorprendió de como él mismo había desistido tan pronto. Mas, ¿quién se lo reprocharía? El día tocaba a su fin y estaba cansado. Además, después de su viaje a la capital la semana entrante, la gente le iba a suplicar por cualquier clase de fotografía.

Fulgencio concentró su atención en el paisaje. De vez en cuando pasaban ante un pequeño santuario en la carretera que marcaba el lugar donde había ocurrido un accidente mortal. A pesar del peligro de la serpenteante carretera, a Fulgencio le agradaba recorrerla en automóvil. Lo prefería a recorrerla en el autobús. Echó atrás su sombrero y se recostó contra la puerta con ojos entrecerrados. Le complacía la suave sensación del aire. Podía oler la emanación salitre del mar y la suave fragrancia de los limonares que pasaban. Fulgencio le echó una mirada al gringo que en ese momento encendía un cigarrillo. Ahora el olor del tabaco se mezcló con los demás aromas.

—¿Un cigarro? —El gringo le extendió un paquete de Delicados.

—No gracias—. No fumaba cigarrillos, ni ningún otro tabaco. Sabía que en un hombre eso no era lo corriente. Mas en cuanto a él, así eran las cosas. Lupe Bustos le admiraba por eso. —Me gusta besar tu boca, Fulgencio Llanos —le susurró una noche cuando estaban acostados. Tu boca me sabe muy bien. Al pensar en Lupe Bustos, y en el dulce sabor de sus labios, Fulgencio hubiera deseado ser el que guiaba el coche. Si el volante estuviera en sus manos iría más de prisa; haría que el carro volara hacia el comedor de Lupe Bustos.

Un cambio en la dirección del viento le azotó la cara e hizo que Fulgencio despertara de su letargo. El gringo disminuía la velocidad. Estaban a medio camino de Santiago, y el gringo frenaba el coche.

—¿Qué pasa? —preguntó Fulgencio.

—Esa es la carretera a Playa de Oro —respondió el gringo—. Y con el dedo apuntó a un camino delante de ellos, un poco hacia la derecha. El letrero que marcaba el camino leía: PLAYA DE ORO—5 KM.

Cuando el gringo llegó a la encrucijada, viró para tomar la carretera y al hacerlo las llantas chirriaron su protesta. Lanzado contra el gringo, Fulgencio puso una mano sobre el tablero de instrumentos para sostenerse. Fulgencio podía oir como la mercancía que estaba atrás rebotaba de un lado para otro. Echó una rápida ojeada para ver como andaba su equipo. No vio su trípode pero el maletín estaba intacto.

—No se preocupe —le dijo el gringo mientras apuntaba sobre su hombro—. Todo está bien allá detrás —y procedió a tirar la colilla de su cigarro por la ventanilla. —Deseo ver la playa —dijo—, y asintió con la cabeza en dirección recta.

—¡Ah! la playa, —Fulgencio sonrió débilmente—. ¿Qué otra cosa podía hacer? Se dijo a sí mismo, que al aceptar viajar con una persona quedaba a merced de los caprichos del chófer. Sin embargo, este recorrido adicional le mortificaba. Nunca había estado en esa playa, pero según el letrero que habían pasado, el trayecto de ida y vuelta tomaría de diez a quince minutos. —Paciencia, Fulgencio —se dijo para sí—. El contemplar a Lupe Bustos por ahora tendría que esperar.

El camino de Playa de Oro era de adoquines, estrecho, de curvas pronunciadas y bordeado de árboles cubiertos de polvo y de una tupida vegetación. La marcha era muy lenta debido a las curvas, así como a los baches inesperados que aparecían en el camino donde faltaban los adoquines. El gringo manipulaba el coche para evitar los baches. Tanto él como Fulgencio rebotaban de un lado para otro en sus asientos.

—El camino es malo —dijo el gringo.

—Sí, muy malo—. Fulgencio visualizó la cerveza que se había tomado en la cantina, chapotear dentro de su estómago. Oía las cajas rebotando unas contra otras. Colocó un brazo sobre el espaldar del asiento y puso una mano sobre su maletín.

Sólo habían estado en el camino unos cuantos minutos, cuando la noche se les vino encima. La obscuridad se deslizó entre los árboles, envolviéndolos en un santiamén. Al tirar el gringo de un interruptor, la luz saltó del coche y penetró la tenebrosa silueta de los bosques que se deslizaban a su paso.

Fulgencio observó cuando el gringo encendió un segundo cigarillo. El resplandor del fósforo produjo una sombra sobre la curva de su mejilla hasta un lado de la nariz. De nuevo Fulgencio echó una rápida ojeada por la ventanilla. Los árboles a los lados del camino se esbozaban enormes y siniestros. Un pánico tan horrendo como los árboles envolvió a Fulgencio. De todos modos, ¿quién era este hombre? Desde que dejaron atrás la carretera principal, apenas había pronunciado una palabra. Al parecer, la amabilidad se había esfumado con la luz del día. Un pensamiento horrible le asaltó. El gringo tenía intenciones de robarle, de la misma manera que le había robado a quien sabe cuantos almacenes, la mercancía que llevaba atrás. Deseaba su cámara, de eso Fulgencio estaba seguro. Recordó las preguntas del gringo al respecto. ¡Qué tonto había sido al decirle lo que tenía! Con celeridad, Fulgenció comenzó a idear un plan. Podría abrir la puerta y saltar del coche. Podría hacerlo ahora mismo, pues el coche iba bastante despacio. Sin embargo, de hacerlo, tendría que dejar su cámara por detrás, así como las fotografías de El Santo. Jamás haría tal cosa. Esperaría hasta que llegaran a la playa. Recordó la caja repleta de machetes. En el peor de los casos, alcanzaría uno de éstos.

De entre los árboles surgió el sonido lejano de campanas tocando a vísperas, y para Fulgencio era como si la voz de Dios lo estuviese llamando. No era hombre de iglesia, pero sí un hombre piadoso. Por tanto intentó hacer un pacto con el Señor. Señor, pensó, si me libras de este peligro seré un mejor hombre, y procedió rápidamente a hacer una lista de mejoras en sus cualidades personales. Dejaría de sustraer las coronas de papel de los santuarios en las carreteras para darle más vida a sus fotografías. Puesto que los tiempos no eran buenos, reduciría en unos cuantos cientos de pesos el aumento en el tamaño y encuadernación de las fotografías y sería más honrado. No exageraría los piropos respecto a la apariencia de sus clientes y a la de sus míseras pertenencias. Lo haría aunque le costara algunas ventas.

Fulgencio cortó en seco su letanía. Más adelante, la carretera se ensanchaba y se percibía el sonido del oleaje. El aire era más pesado, más húmedo. Al dejar atrás la carretera y los árboles, el coche desembocó bajo un toldo de obscuro cielo. El gringo se dirigió a la playa y se detuvo en la arena.

La luz de los faroles iluminó un mar violento que estallaba contra la playa en olas color pizarra; a un costado aparecían las rocas. Por un momento la vista del mar hipnotizó a Fulgencio, aunque pronto recobró su sano juicio. Recorrió la playa con la mirada en busca de otras personas, aunque pronto se dio cuenta de que la playa estaba tan desierta como la carretera.

—La playa es agradable —dijo el gringo—. Le dio una última chupada a su cigarrillo, y lo tiró por la ventanilla.

Fulgencio se sintió animado al oir la voz amistosa del gringo, mas aún no las tenía todas consigo.

—¿Qué es eso? —El gringo sacó el brazo por la ventanilla y apuntó.

Al mirar hacia la playa, Fulgencio divisó lo que al parecer era una montaña que surgía de la arena.

—Vamos —dijo el gringo—. Puso el motor en marcha y se deslizaron sobre la arena dando saltos.

Fulgencio se agarró del espaldar del asiento. ¿Qué era eso en la distancia? Al acercarse, vio un edificio . . . un edificio obscuro y abandonado. El gringo fue hasta él y se detuvo al frente. Apagó el motor y dijo: —Parece ser un hotel.

El hombre tenía razón. En el resplandor de los faroles aparecía el esqueleto de un hotel sin terminar. Por las vacías jambas de las puertas y ventanas se veía la playa. El gringo abrió su puerta y el interior se iluminó. Salió del coche. Pasados unos instantes regresó, asomó la cabeza por la ventanilla y dijo: —¿Quiere venir?

A Fulgencio le vino a la mente una película que había visto hacía algún tiempo. Se trataba de un gringo loco que llevó su familia a un hotel deshabitado en las montañas. Una vez allí mató a toda la familia con un hacha. A Fulgencio se le pararon los pelos al recordar la cara del hombre, la locura retratada en sus ojos, y su risa estridente. A pesar de esos pensamientos, Fulgencio logró decirle al gringo con zalamería: —Ándele usted. Yo esperaré aquí—. Hasta que tuviera la certeza de lo que el hombre iba a hacer, se quedaría en el coche con los machetes.

—Bien—. El gringo tiró la puerta y de nuevo la obscuridad envolvió el interior.

Fulgencio no apartaba sus ojos del gringo. La luz de los faroles caía sobre la espalda de éste, arrojando una sombra gigante contra el edificio. No transcurrió mucho tiempo antes de que, tanto la sombra como el gringo desapareciesen por una de las aberturas de las puertas.

Al quedarse atrás, Fulgencio se sintió aún más atemorizado. Su corazón latía desbocadamente. El gringo podría estar en cualquier lugar: escabulléndose por el otro lado del edificio; dándole un amplio rodeo al coche; o bien deslizándose a sus espaldas. Señor, pensó Fulgencio, ayúdame en este trance, y para demostrar cuan espantosa era su necesidad, se llevó la mano al corazón y le prometió al Señor la ofrenda que indubablemente lo sacaría de este atolladero: Iré a misa todos los domingos. Se sentaría en el primer banco para que el Señor bien lo viera, y pronunciaría las respuestas con voz sonora para dar fe al milagro de su liberación.

Fulgencio se escurrió en el asiento. Encendería el motor. Sí que lo haría. Se alejaría en el coche y dejaría al gringo en la playa. Fulgencio buscó las llaves a tientas, pasando la mano de arriba abajo por la ignición. No había llaves por parte alguna. Se inclinó sobre el volante y deslizó su mano torpemente por el panel de instrumentos. Tampoco había llaves. Fulgencio descargó un puñetazo contra el volante. —¡Chinga—! Echó una mirada por la ventanilla. Había llegado el momento de buscar un arma. Se acomodó detrás del volante, se dio vuelta, y trató de alcanzar algo, quedando medio cuerpo suspendido sobre la parte trasera del coche.

Había agarrado la empuñadura de uno de los machetes cuando el interior del vehículo se iluminó. Fulgencio quedó boquiabierto cuando el gringo irrumpió dentro del coche. Por un instante, pareció como si el corazón de Fulgencio se hubiese detenido.

—Mis machetes —dijo el gringo con voz alta y trémula.

Fulgencio soltó el machete y volvió a deslizarze poco a poco en el asiento.

—¿Qué pasa aquí? —dijo el gringo— mientras uno de sus ojos se contraía nerviosamente. Su sombrero estaba de medio ganchete, y su cara parecía enorme y grotesca bajo la luz del techo.

—Nada, señor, nada. —Para probárselo Fulgencio enseñó la palma vacía de sus manos.

Con un movimiento sorprendentemente ágil, el gringo clavó las manos sobre el pecho de Fulgencio, sujetándolo a la fuerza contra el respaldar del asiento. El gringo agarró el tirador de la puerta y la abrió. —¡Fuera! —exclamó.

Los marullos retumbaban con estruendo en los oídos de Fulgencio quien quedó aturdido e inmóvil.

—Le dije que saliera. ¡Salga ahora mismo!

Un momento antes, Fulgencio estaba dentro del coche; ahora, se encontraba tumbado en Playa de Oro. Al levantarse a duras penas, por un instante perdió el equilibrio en la movediza arena. —Pero, señor —gritó—, usted no entiende. Con dificultad volvió a ponerse de pie. Al tratar de alcanzar la puerta, el coche arrancó. Las llantas comenzaron a dar vueltas y el vehículo zigzageó antes de alejarse.

—¡Señor, señor! —gritó Fulgencio, agitando los brazos desesperadamente. Corría como una exhalación según se lo permitía la arena.

En la distancia, el coche despedía dos rayos de luz lechosa hacia la carretera y los árboles. Fulgencio concentró sus ojos sobre los rayos de luz, un faro, mientras su corazón latía aún más fuerte que el mismo oleaje. —¡Espere! —gritó—, corriendo unos cuantos metros antes de comprobar que era imposible alcanzarlo.

Las luces del coche iluminaron primero la playa y luego la carretera antes de desaparecer entre los árboles. —¡Madre de Dios! —pensó Fulgencio—. Cayó de rodillas y la obscuridad lo envolvió.

Fulgencio Llanos echó una mirada a la vastedad que lo rodeaba. Unas cuantas estrellas parpadeaban y con su alegría parecían mofarse de él. Señor, por favor, dijo entre dientes, mas se detuvo, pues no era capaz de pensar en todo lo bueno que había tenido en su vida, para poder ofrecérselo como pacto al Señor. Hundió sus manos en la arena y sintió la fresca humedad entre sus dedos y debajo de donde estaba sentado. Estaba solo, él y el ensordecedor mar. No tenía cámara, ni equipo, ni fotografías de El Santo que le hubiesen permitido cambiar de vida.

De pie, Fulgencio aguardó que sus ojos se ajustaran a la obscuridad. El oleaje azotaba a su derredor como si él estuviese atrapado dentro de un tambor. Echó una mirada a la playa así como a la carretera que lo llevaría fuera de aquí. Calculó que le tomaría una hora llegar a la carretera. Vació sus zapatos de arena y comenzó a andar. La noción de lo que había perdido le apretaba el pecho. Sin sus pertenencias, se sentía insignificante, insustancial y poco importante, como si fuera a volar sin su maletín como ancla.

Llegó a un lugar donde terminaba la playa y comenzaba la carretera adoquinada. Una vez más sacó la arena de sus zapatos antes de seguir adelante. La carretera estaba más obscura y a cada lado de ésta los árboles y la vegetación simulaban sombras que se confabulaban.

Había marchado quizás un minuto o dos cuando llegó a una encrucijada. Se paró en seco.

Alguien estaba en cuclillas al lado de la carretera.

—¿Quién es? —gritó, temeroso de que fuera el gringo que esperaba para asaltarlo. No hubo respuesta, y el objeto no se movió cuando dio unas palmadas en caso de que fuese algún animal que hubiese salido de la maleza.

Fulgencio se acercó al objeto con precaución. Cuando se acercó, no podía creer sus ojos.

Era su maletín.

Cayó sobre él, rodeándolo con sus brazos como si hubiera encontrado a un niño perdido. Abrió el maletín, y a la luz de la luna que acaba de salir, vio el abultado perfil de su cámara. Buscó dentro y palpó los negativos que representaban su brillante futuro. Dio un grito, y entonces vio su trípode un tramo más adelante en la carretera. Fulgencio cerró su maletín y se precipitó hacia el lugar donde estaba su trípode y lo alzó del suelo. Lo levantó en alto sobre su cabeza y comenzó a bailar. A pesar de los adoquines de la carretera, dio saltos y gritos, y pasado un momento, colocó su trípode sobre su maletín y se dejó caer a su lado.

Fulgencio Llanos permaneció sentado allí por algún tiempo con su mano sobre todo le que necesitaba para ser un don alguien. Rehusaba pensar en lo que pudo haber sucedido, y trató de darle algún sentido a la difícil situación. ¿Por qué se había el gringo desprendido de su equipo? ¿No había sido su intención robarle? Dos figuras se acoplaron en la mente de Fulgencio: su propia mano en la empuñadura del machete, y la cara del gringo cuando volvió al coche.

Fulgencio bajó la cabeza a medida que comprendía lo que había sucedido. —¡Qué cosa tan insensata! —pensó Fulgencio—. Yo temía al gringo y el gringo me temía a mí. Fulgencio tomó el trípode, lo puso bajo su brazo y agarró su maletín . . . su peso le complacía. Había dado algunos pasos cuando pisó su sombrero.

Fulgencio echó la cabeza hacia atrás y lanzó una carcajada. —Hombre, Fulgencio —dijo—, has sido un tonto. Levantó su sombrero, lo colocó sobre su cabeza, y de nuevo se dirigió hacia la carretera. Tenía hambre por el plato de camarones y la salsa de Lupe. El domingo, decidió, llevaría a Lupe a dar un paseo. Esperaría por ella fuera de la iglesia y luego irían a la playa. Tomados de la mano, correrían hacia las olas hasta que el mar los acunara.

Sí, pensó, el domingo celebraré.

Capítulo Cinco

Marta Rodríguez

LA RECAMARERA

Marta Rodríguez empujó su carrito con los enseres de limpieza por el serpenteado pasillo del hotel. Los frascos de productos, colocados en vasijas enganchadas a los lados del carrito, chocaban entre sí, tintineando a medida que Marta se movía. Marta alargó una mano para silenciar las botellas. Luego, puso otra sobre su vientre como si con la palma de la mano pudiera ocultar su embarazo. Su estado era humillante. Ya el uniforme le resultaba chico. Marta llegó al final del pasillo y tocó fuerte en la puerta de arcos redondos de la habitación número ocho. Al no haber respuesta, usó la llave maestra y entró.

La habitación estaba en desorden. La cama era un revoltijo de sábanas. Por la puerta entreabierta del cuarto de baño, pudo ver toallas amontonadas sobre el piso. Aquí, en la recámara, había ropa sobre las sillas. Sobre el tocador, ceniceros sucios y pañuelos de papel usados. Platos con sobras de comida y vasos vacíos estaban apilados en una bandeja. Marta suspiró. Era su última habitación y había pensado que la arreglaría en un abrir y cerrar de ojos. Estaba ansiosa de salir del hotel y de llegar a casa de su hermana. Hoy, Chayo se dedicaba a confeccionar flores de papel, y Marta se sentía feliz de poder ayudarla. Era lo menos que podía hacer. Chayo y Cande iban a criar su niño. Una vez que éste estuviera en manos de Chayo, Marta estaría libre.

Marta dejó la puerta entreabierta y se dirigió hacia las

revistas acumuladas sobre la mesita de noche. De todos los artículos que traían los turistas, las revistas eran lo que más le intrigaba. Sus páginas satinadas presentaban un mundo organizado, fielmente captado, un mundo en el que estaba decidida a vivir muy pronto.

Marta tomó la primera revista del montón. —Ay, *Leefay* mi favorita —dijo—. A pesar de su prisa, le echaría un vistazo antes de empezar su tarea. Esta edición de *Life* presentaba a Elizabeth Taylor en la portada. Marta adoraba a Elizabeth Taylor, con sus pobladas pestañas, y el maquillaje violeta de sus párpados. Abrió la revista, hojeó las fotografías, y permitió que éstas evocaran el sueño que durante meses llevaba oculto en su corazón. Nunca había hablado de su sueño por temor a que al compartirlo se desvaneciera su promesa.

He aquí su sueño: Una vez nacido el niño y ella se lo hubiera entregado a Chayo, Marta se iría de Santiago rumbo al norte. Cruzaría la frontera para llegar a El Paso, donde encontraría trabajo en una casa fresca y maravillosamente blanca como el hotel. En ella, tendría una habitación como la que acababa de ver en la revista, con una alfombra espesa, y una cama cuya cabecera simulaba los rayos de un sol bronceado. Al lado de la cama había una butaca cerca del televisor. Marta Rodríguez, acarició la suave y lustrosa página. Se hacía la ilusión de estar en la habitación descansando en la butaca. En su imaginación, vio a la dueña de la casa parada en la puerta. —No sé lo que haría sin ti —dijo la señora—. Se sonrió y puso en la palma de la mano de Marta un fajo de billetes nuevecitos y muy verdes que valían mucho más que los sobados y deslustrados billetes de México.

Marta cerró la revista y la depositó encima de las demás. Fue a la ventana y contempló el mar con sus blancas cabrillas que en desenfrenada carrera se dirigían hacia la playa. Pensó en Roberto Ramos que se había ido del pueblo precipitadamente. Por más que trataba, no lograba olvidar aquella noche en la playa. El ruido del oleaje retumbaba en sus oídos cuando le permitió darle un beso; a ese siguieron otros. Trató de acostarla. Ella contestó con una risita, pensando que podía detenerlo. Sin embargo, pronto comprobó su gran error.

Marta se dirigió a la cama. Arrancó las sábanas del colchón y las tiró sobre el piso. Agarró una de las almohadas, le arrebató la funda y tiró ésta encima de las sábanas.

—¡Hola! —llamó una voz—. Luz Gamboa estaba en la puerta. Entró en la habitación chancleteando sus sandalias contra el piso de loza. Luz se había hecho un enredado moño en el centro de la cabeza. Sus párpados estaban bordeados de un azul subido, una sombra de ojos que sin duda había encontrado entre los cosméticos de alguna turista. Luz miró a su alrededor. —Este cuarto es una pura mugre.

—Acabo de empezar— dijo Marta—. Al sentir que el niño se daba vuelta en su vientre, se detuvo un instante antes de quitar la funda de la última almohada.

Con sus manos en la cintura, Luz permaneció de pie en el medio de la habitación. —Bien —dijo— alguien que yo conozco no se siente muy feliz.

Marta tiró la funda sobre las otras. —Ayúdame con la ropa blanca —dijo—, y salieron de la habitación. Marta se puso en cuclillas al lado del carrito y tomó sábanas y toallas de la tablilla inferior. No obstante, antes de que pudiera ponerse de pie, el niño dio una fuerte patada y ella perdió el equilibrio, aunque pudo sostenerse y no caer. —¡Híjole! —dijo Luz—, quien dándole la vuelta al carrito, vino corriendo. ¿Estás bien?

—Sí, sí. Toma —dijo Marta y le entregó la ropa blanca a su amiga. Su torpeza la incomodaba. Tuvo que agarrarse del lado del carrito para poder levantarse. ¿Volvería alguna vez a ser la de antes?

Las dos regresaron a la pieza, y Luz, con sus brazos llenos, cerró la puerta con un empujón de caderas. Tiró la ropa sobre la silla que estaba al lado de la ventana. —No puedo quedarme —dijo Luz—. Se dirigió hacia el tocador, levantó un poco la bandeja, y miró debajo antes de volver a colocarla como estaba antes. —Estoy arreglando mi última pieza. Hoy, por prudencia, sólo me pude embolsar unos cuantos pesos. Luz robaba a los turistas pequeñas cantidades de dinero, porque tenía dos niños que mantener, ella sola, ahora que Tito, su hombre, se había fugado a El Paso con la Tula Fuentes. Luz alegaba que una mujer nunca ama tanto a un hombre como cuando éste la deja. Por tanto, en su afán de que Tito regresase, Luz había ido a consultar a Remedios. Para despertar nuevamente el amor de Tito por su esposa, la curandera había enjuagado dos de las pañuelos de la pareja en el agua del desencanto.

A pesar de que nunca lo había mencionado, Marta no aprobaba que su amiga robase. Si Luz continuaba haciéndolo y la sorprendían, la despedirían. En cuanto a Remedios, Marta sentía curiosidad respecto a la curandera y su agua del desencanto. Marta estaba lejos de creer que las pócimas de la curandera harían que Tito regresase.

Luz se dirigió hacia la mesita de noche y levantó las revistas para ver si había algún dinero debajo de ellas.

—No toques esas cosas —dijo Marta—. A mí me toca limpiar esta pieza y no deseo que estés husmeando por ahí.

—Está bien, está bien —dijo Luz, pásandose los dedos por el pelo.

Marta desplegó una sábana sobre la cama cono si fuera una red que tiraba al mar. La blanqueada sábana aún despedía el olor de la máquina de planchar.

—Remedios me está preparando una limpia —dijo Luz.

—¿Cúantas te ha hecho?

Luz agitó su mano en el aire. —¿Qué importa cuantas haya hecho? Lo que sí importa es que las haga. Tito necesita ayuda. Recuerda cómo sucedió todo. La Tula Fuentes regresó a su casa desde El Paso. Recuérdate cómo se pavoneaba por el pueblo, y cómo se exhibía y contoneaba para llamar la atención de Tito. —Luz iba y venía por la habitación, con los brazos cruzados sobre el pecho, y con una expresión hosca y furibunda—. La Tula Fuentes le echó un hechizo a mi hombre. Fue donde el brujo y le pagó para hacerlo. Ella y el brujo volvieron loco a mi hombre. Tito no tuvo otro recurso que caer bajo el hechizo de esa mujer.

Marta sintió haber despertado en Luz recuerdos tan doloros. Fue hacia su amiga, la rodeó con un brazo y le dio un apretón. —Está bien. Las cosas serán como tú dices. No pasará mucho tiempo, antes de que el agua del desencanto ponga fin al hechizo del brujo. Es cuestión de lo bueno por lo malo y, ¿no es siempre lo bueno lo que triunfa? Muchas veces Marta había pasado frente a la casa del brujo en la carretera a Manzanillo. La casa estaba pintada de morado, al igual que una berenjena. Estaba a cierta distancia de la carretera y cercada por cactos. Durante la noche, una luz siniestra emanaba de la casa que, al caer sobre los cactos producía en el camino, sombras tan delgadas como las patas de los caballos. De sólo pensarlo, Marta se ponía nerviosa. Levantó los hombros para sacudirse de sus malos pensamientos.

Luz le dijo adiós con la mano y sonrió, con lo cual la corona de plata de su diente delantero quedó al descubierto. —Bien —dijo—, debo irme. Después del trabajo caminaré a casa contigo.

Marta movió la cabeza. —Hoy no. Voy a casa de Chayo a ayudarle con las flores.

Más tarde, una vez había terminado de arreglar la habitación y se había quitado el uniforme, Marta Rodríguez caminó por el cauce seco del arroyo que cruzaba el pueblo de Santiago, antes de desembocar muy cerca del mar. Eran pasadas las cuatro y aún hacía mucho calor. Un aire fétido se desprendía de los charcos de agua estancada que se formaban en el arroyo. Marta esquivó uno de los charcos. Espantó una gallina que se le interpuso, la que corrió cuesta arriba como una exhalación hacia otros pollos que picoteaban en el patio de una de las casas adyacentes al seco cauce. Bersa, la tortillera, salió al patio, les echó una palangana de agua a los pollos, los que con un graznido, salieron revoloteando en una borrasca de plumas. Bersa se colocó la palangana debajo del brazo y miró hacia Marta antes de desaparecer dentro de la casa. No la saludó como Marta hubiese querido. No era extraño pues en Santiago, ella era la comidilla del pueblo. Marta pateó una piedrecita que salió volando. Se veía, cuatro meses más tarde, subiendo al autobús rumbo a El Paso donde su vida sería otra.

Cuando Marta llegó a casa de Chayo, su hermana estaba sentada debajo del limonero. Marta se echó sobre el hombro su bolsa de trencilla y subió la cuesta. Se dirigió hacia su hermana. Cuadrados de papel crepé de color escarlata, ocre y azafrán estaban amontonados al lado del taburete de Chayo.

—¿Estás trabajando hoy fuera de la casa? —preguntó Marta.

—Hace demasiado calor—. Chayo se pasó el reverso de la mano sobre la frente. Sus dedos estaban negros de trabajar con tantos colores. Tienes suerte en poder pasar el día en un lugar fresco. Chayo estaba confeccionando amapolas, y ahora introducía un estambre obscuro del que brotaban diminutos pistilos amarillos en el cáliz de una flor escarlata.

Sobre el hombro de Chayo, Marta miró la puerta azul de la casa. —¿Está Cande en casa—? Desde que había perdido su puesto en el restaurante hacía algunos meses, Candelario no había encontrado trabajo. Hacía varias semanas que se dedicaba a pescar y a vender el producto de la pesca en los puestos del mercado. Para ganar un poco más de dinero, montaba los corcoveantes toros cuando, con suerte, le llegaba su turno.

Chayo colocó la flor que estaba haciendo sobre sus piernas. —Salió muy temprano.

—¿Cómo está la pesca? ¿Buena?

—No. Es como si no hubiera peces en el mar.

Marta observó la brusca caída de los hombros de su hermana. Observó además como los manchados dedos de Chayo rodeaban la exhuberante flor que descansaba sobre sus piernas.

Quizás yo puedo ayudar —dijo Marta—. Yo puedo darte un poco de dinero. —Dijo eso a pesar de que su sueldo escasamente cubría sus necesidades. Tenía que pagar el alquiler de la pieza que ocupaban tía Fina y ella y comprar las comidas de ambas. Además, había que tener en cuenta las visitas regulares a la partera, así como ahorrar para el costo del parto.

También había que tener en cuenta algo más que separaba a Marta de su dinero. Cada semana, después de atender a todos sus gastos, metía diez mil pesos en el tarro de barro escondido debajo de su cama. Ya había en el tarro cien mil pesos, dinero que emplearía para marcharse del lugar.

—¿Tienes dinero? —preguntó Chayo.

Con los ojos bajos, Marta se recostó contra el limonero hurgando con la uña de su dedo pulgar. —He estado ahorrando—. Al decirlo no miró a su hermana a la cara, a no ser que Chayo pudiese ver, reflejada en sus ojos, la casa blanca en El Paso con la habitación, el televisor y la butaca. —Tengo que pagar a Esperanza Clemente —añadió—, pues bien sabes que la partera no trae niños al mundo de gratis.

—Tita —dijo Chayo con apagada voz—. Se puso de pie y dejó la flor que estaba haciendo a su lado sobre la tierra.

Marta levantó la vista. No todos los días Chayo usaba su apodo.

—¿Qué te pasa?

—No podemos hacernos cargo de tu bebé —dijo Chayo.

Marta se apartó del limonero. Se alejó de su hermana, que venía hacia ella, con los ojos bien abiertos y brillantes.

—¿Qué estás diciendo? —dijo Marta.

—Cande y yo vamos a tener nuestro propio bebé.

Marta rió. La noticia era absurda. —Tú no puedes tener hijos.

—Es la pura verdad. Estuve donde la partera. Tita, no podemos hacernos cargo de tu bebé. Cande dice que no podemos.

Chayo extendió una mano, pero Marta se apartó. —Cande dijo que se harían cargo de mi bebé. ¿Recuerdas cuando lo dijo? Estábamos sentados bajo este mismo limonero —dijo—. Como si fuera un testigo, Marta apuntó hacia el árbol con ademán vacilante.

—Yo sé que lo dijo, mas ahora no nos es posible. Las cosas han cambiado y ahora no podemos.

Marta Rodríguez gritó . . . un gemido, corto y plañidero. Su rostro le ardía como si tuviera ortigas debajo de la piel. Se dio vuelta y tropezando se fue cuesta abajo. A medida que corría, oía la voz de su hermana llamándola.

A Marta le faltaba la respiración cuando llegó a la pensión. El mesón constaba de doce apartamentos de una habitación que daban todos a un patio grande sin árboles. El cuarto de Marta estaba al otro lado del patio de la habitación de Luz, donde se dirigió Marta precipitadamente.

—Gracias a Dios que llegaste —dijo Marta recostándose de la puerta. Luz estaba parada ante el tocador, cepillándose el pelo.

—Algo ha sucedido. —Marta entró y se desplomó sobre la cama. El cuarto empezó a darle vueltas, por lo que cerró los ojos para no sentirlo.

—¿Qué pasó? ¿Qué fue?

Marta abrió los ojos y vio a Luz inclinada sobre ella. El pelo de Luz parecía un halo alborotado alrededor de su rostro.

—Chayo está embarazada.

—¿Chayo? ¿Embarazada?

—La partera dice que lo está.

Luz se sentó en el borde de la cama. Se alisó y recogió el pelo. —Entonces, así será. Esperanza Clemente no comete errores.

—Lo sé. —Marta se incorporó para sentarse junto a Luz. Pasado un momento, Luz habló: —¿Sabes?, criar un niño no es lo peor que te puede suceder. Mírame a mí. Tengo dos que criar. Todas las madres lo hacen. Tú también puedes hacerlo.

—Tú no entiendes. —Marta juntó las manos y se las puso en la falda. La verdad era que Luz era mayor que ella.

Tenía veintidos años, mientras que Marta sólo tenía dieciséis. Marta acariciaba un sueño, y en ese sueño no había cabida para un niño.

—Sé como te has de sentir ahora, pero una vez nazca el niño, será diferente. —Con el tono de su voz, Luz trataba de calmarla, y mientras hablaba sobaba la espalda de Marta con un movimiento circular—. Cuando llegue el bebé, lo querrás. Una vez lo hayas tenido en tus brazos, no querrás separarte de él. Espera. Verás que es así.

—Odio a Cande —dijo Marta mientras delineaba con el dedo los dibujos geométricos de su vestido. Si él quisiera, él y Chayo podrían criar mi bebé. El que ellos vayan a tener uno, no significa que no puedan criar el mío. Yo les ayudaría con dinero. Les daría una parte de mi salario. No es que no lo hiciera. Ese asunto ya estaba arreglado. Mira a tu hermana. Tú le pagas y ella cuida a tus hijos.

—Sí, pero ella sólo los tiene mientras yo trabajo. Lo que tú quieres es diferente.

Marta se volvió hacia Luz. —En mi situación, ¿me culpas?

Marcela, la hija de Luz entró corriendo. Tenía cuatro años. Era una niña delgada con ojos grandes y obscuros, con algo de extravismo. —Mi hermano es un monstruo —dijo—, dando una patada con su pequeño pie calzado con una sandalia. Dice que soy fea. La barbilla de Marcela empezó a temblar y comenzó a llorar.

Luz fue hasta la puerta. —¡José Mario! —gritó en dirección al patio. José Mario tenía seis años y Marta podía verlo atisbando desde la letrina. Se esfumó tan pronto su madre lo llamó. Marcela corrió hacia Luz y escondió su rostro en la falda de su madre. —Hay veces que no sé que hacer —dijo Luz, mientras acariciaba la cabeza de su hija.

Marta dejó la cama y entre dientes se despidió. Cruzó el patio y entró en su cuarto. El televisor estaba a todo volumen. El aparato, que descansaba sobre un gavetero, era un pequeño televisor blanco y negro con dos antenas unidas con papel de estaño y bien extendidas. La imagen no era buena y la pantalla tenía mucha escarcha. Periódicamente la imagen se enrollaba hasta la parte superior de la pantalla. Tía Fina estaba sentada en su silla mirándola, con sus piernas sobre un taburete. —Mira, es Juan Travolta —dijo.

Marta echó una ojeada al televisor, que pasaba la película *Vaselina*. John Travolta tenía su pelo alisado y echado hacia atrás, y la manera como se contoneaba en la pantalla le recordaba a Roberto Ramos. Marta se dejó caer sobre la cama. Contempló el techo. Una canción del televisor despertó algo en ella que le hablaba de El Paso y de la promesa que le esperaba en el norte, al otro lado de la frontera. Marta encogió las piernas y trató de hacerse un ovillo. Sin embargo el niño se lo impidió. Se llevó los puños a las sienes. Se había permitido sólo nueve meses con el niño, y ahora éste ocuparía todos sus años. En el futuro, no habría día sin el niño.

Al otro lado de la puerta de la habitación, ahora abierta, se percibía una gran algarabía. Marta se limpió los ojos, y se apoyó sobre el codo.

—Alguien grita —dijo tía Fina estirando el cuello en dirección a la puerta—. Ve y echa una mirada.

Marta suspiró y se levantó, a sabiendas de que serían los niños jugando en el patio. Fue a la puerta y miró hacia fuera.

Era la hija de Luz quien gritaba. Marcela y su hermano estaban frente a la puerta de su vivienda. Marcela daba de saltos. José Mario permanecía a su lado, inmóvil como una piedra. Luz también se encontraba allí, con sus manos cubriéndose el rostro.

Era un hombre quien les había llamado la atención. A pesar de que le daba la espalda a Marta, no tenía que adivinar quien era.

—Tito —dijo Marta entrando de nuevo en la pieza.

—¿Qué pasa? —dijo tía Fina.

—Es Tito Gamboa —respondió Marta mientras apagaba el televisor. Ha regresado donde Luz. Marta volvió a asomarse. La puerta de Luz estaba ahora cerrada y la familia ya no estaba visible. El viejo don Justo, el vecino de Marta, había salido a la galería. Yoyo, su pastor alemán, también había salido. Al ver a Marta, don Justo la saludó con la mano. Tito ha regresado —dijo—, apuntando al otro lado del patio. Marta se dirigió hacia él. Don Justo era un pajarero. Tenía una jaula de canarios y todos los días llevaba su mercancía a la playa. Por unos reales, los pajaritos hacían trucos para los turistas. Como acto final, uno de los pajaritos sacaba con su piquito, papelitos impresos con la suerte de la persona, de una caja repleta de ellos. Desde que Tito la había dejado, Luz era su asidua cliente, pues ella alegaba que los papelitos de la suerte, de don Justo, le daban la respuesta a los misterios de la vida. —¿Cree usted que sus papelitos barruntaron ésto? —preguntó Marta—. Yoyo estaba sentado bajo un débil rayo de sol. Marta rascó la cabeza del perro.

Don Justo se encogió de hombros. —¿Quién sabe? Quizás.

Marta rió. Quizás. De vez en cuando, y en son de broma, había comprado papelitos de la suerte para sí. Aún recordaba uno de ellos que contenía un "mensaje astral" en el que se le advertía estuviese alerta contra aduladores que sólo pretendían engañarla. El aviso era claro, pero había llegado demasiado tarde, pues no existía en el mundo un adulador más hábil que Roberto Ramos.

—Su tía la llama —dijo don Justo.

—Ah —replicó Marta—, tengo que irme.

—¿Dónde estabas? —preguntó tía Fina—. Un minuto estás aquí, y al otro ya te has ido.

—Hablaba con don Justo.

—Pues —dijo y continuó—, mala suerte para Luz el que Tito haya vuelto. Tía Fina movió la cabeza. Yo no querría a un hombre que se hubiera ido con otra. ¿Lo querrías tú?

—Yo no quiero a hombre alguno, punto —dijo Marta—. Pensó en los papelitos de la suerte de don Justo. Pensó en el agua del desencanto de Remedios, y como había traído a Tito de nuevo a casa. Si no lo hubiese visto con sus propios ojos, no lo hubiese creído.

Marta se agarró del gavetero porque el niño había dado una patadita, y al mismo tiempo le asaltó un pensamiento que repercutió en su cerebro. Había en el mundo poderes ocultos y si ella ponía su fe en ellos como Luz lo había hecho, quizás hubiese una solución para sus problemas. Pensó en Remedios. Lo que había tenido resultados positivos para Luz, bien podría tenerlos para ella. La curandera y sus pócimas podrían hacer que Cande cambiase de parecer.

Al día siguiente, después del trabajo, Marta Rodríguez fue, por vez primera, a la choza de Remedios. El mobiliario de ésta era sencillo. Había un catre, un gavetero en una esquina, una mesa y sillas en otra. Mazos de yerbas y hierbas medicinales colgaban del techo. Había una segunda mesa cerca de la ventana pero Marta no permitió que sus ojos se posaran en ella por mucho tiempo. Sobre la mesa había velas encendidas, algunas blancas y otras negras; incienso encendido que despedía una humareda de un hedor acre y nauseabundo; y objetos que de sólo mirarlos la intranquilizaban. Marta siguió a la mujer hasta la mesa vacía. La curandera era vieja y su rostro se parecía más bien a la corteza de un árbol milenario. De talla alta y de huesos grandes, su cuerpo lucía más joven que su cara. Una trenza larga y rala colgaba sobre su espalda como un signo de exclamación. Al Remedios retirar una de las sillas de la mesa, un gato a rayas que dormitaba sobre el asiento, lanzó un agudo maullido y saltó al suelo. Marta se retiró pues los gatos le infundían pavor. Había oído decir que un gato había asfixiado a un bebé mientras dormía en su coy. Otro gato negro, despertado quizás por el maullido del primero, salió de debajo de la mesa. Ambos saltaron por una ventana abierta de la choza.

Remedios parecía no darse cuenta de los gatos, ni tam-

poco de la inquietud de Marta e invitó a ésta a que se sentara.
—Así que Luz Gamboa es tu amiga —dijo Remedios.

Marta asintió.

Cuando ambas estuvieron sentadas, Remedios observó:
—No perdamos nuestro tiempo. Dame las manos.

Marta puso sus manos sobre las de Remedios y ésta cerró los ojos. Sus manos, sumamente calientes, apretaron las de Marta con suavidad, a la vez que se balanceaba un poco mientras lo hacía. Pronto, un canturreo vibrante salió de las profundidades de su pecho, y pasado un momento Remedios abrió los ojos. —Esta condición tuya —dijo, apuntando con su barbilla en dirección del vientre de Marta—, fue contra tu voluntad.

—Es cierto —dijo Marta mientras las lágrimas se asomaban a sus ojos. Le había confesado la verdad a su familia. Les había contado lo que sucedió en la playa, el escozor que le produjo una yerba marina en sus muslos y en sus nalgas cuando Roberto la acostó. Les había contado sobre el peso sofocante de Roberto y de su mano apretada fuertemente contra su boca. Les dijo todo eso y mucho más. Sin embargo, su familia no había creído la verdad de lo que le había sucedido. Podía observarlo en sus ojos, en el hecho de que su relato no les había provocado indignación.

Marta no retiró sus manos del cálido apretón de Remedios. —Necesito su ayuda —dijo Marta, y continuó su relato con lujo de detalles.

—Veo —dijo Remedios una vez que Marta cesó de hablar.

—¿Puede usted hacer que Cande cambie de manera de pensar? ¿Puede usted usar una de sus limpias para que lo haga? Puedo pagarle. Trabajo en el hotel, así es que sí puedo pagarle.

—Muchacha, esta no es una cuestión de dinero o de limpias.

—¿Qué quiere usted decir? Si esas cosas no sirven, ¿qué entonces?

—Te diré lo siguiente lo más suavemente posible—. La mirada de la curandera se dulcificó como la de una persona que prepara a otra para recibir malas noticias. Marta retiró sus manos de las de la curandera y las dejó caer sobre sus rodillas.

—Una muchacha como tú —dijo Remedios—, una muchacha como tú no debe cruzar la frontera.

La declaración de Remedios fue un rudo golpe para Marta. —Pero, usted no entiende . . .

—Un momento —dijo Remedios levantado una mano— El norte es un lugar donde las jovencitas como tú se pierden; un lugar que las endurece y las arruina.

—Ya estoy arruinada —dijo Marta Rodríguez a la vez que sobaba su vientre con una mano. Marta sintió que su corazón se endurecía contra esta vieja que hablaba como si la conociese.

—No estás arruinada. En verdad que has tenido tu parte de dificultades, pero éstas aumentarían con tu ida al norte.

Marta empujó su silla y se puso de pie. —Vine porque deseo que usted haga algo para que Cande cambie de parecer. ¿Lo hará o no lo hará?

—Puedo hacerlo, pero no lo haré. —Remedios empujó su propia silla, pero no se levantó—. Tienes que oirme cuando te digo que veo cosas acerca de tí que tú desconoces.

Marta permaneció en silencio durante unos minutos, con el sueño de su fuga revoloteando como un torbellino dentro de su pecho. Por último dijo: —Así es que no me ayudará.

—No te ayudaré si eso significa irte para el norte.

—Con su ayuda o sin ella, iré.

—Muy bien —dijo Remedios, levantándose de su silla y dirigiéndose hacia la puerta. No hay nada más que decir.

—No, nada más.

Marta salió de la choza cuando la bola anaranjada del sol caía sobre la cúpula de los árboles en el patio de Remedios. En la distancia, el mar semejaba un vidrio obscuro, y Marta pensó que su vida era tan sombría como ese mar. El Paso —dijo para sus adentros—. Iré a El Paso.

Marta repetía las palabras en una cadencia que la impulsaba cuesta abajo hacia el camino de Santiago. Con cada paso que daba, se sentía más decidida y segura de sí misma. No necesitaba a Remedios y sus estúpidas limpias. Ella misma iría donde Cande, le explicaría el problema y Cande cambiaría de manera de pensar.

Fue Cande quien le abrió la puerta. Chayo y él estaban cenando, y Chayo se levantó rápidamente de la mesa al entrar Marta. —Tita —dijo Chayo corriendo hacia ella—. Ayer te fuiste muy pronto.

—Aquí estoy —dijo Marta.

—Ven a cenar —dijo Chayo que volvió a la mesa y empujó un plato en dirección a su hermana.

—No tengo hambre—. Marta se dejó caer en una silla. Candelario comía de nuevo con la cabeza inclinada sobre el plato.

Con un tenedor, Chayo revolvió los frijoles de su plato. —Ayer cuando te fuiste, creí que estabas demasiado enojada para volver.

—No estoy enojada. Me siento feliz por lo de tu bebé. Ayer no te lo dije, pero sí lo estoy. Con una mano tocó a Cande en el hombro. También lo estoy por tí, Cande.

Candelario alzó los ojos, le sonrió y continuó comiendo.

La sonrisa de Candelario fue como una señal para Marta. —¿Crees tú que cuando llegue mi bebé, Chayo y tú podrán recibirlo? Sé que le dijiste a Chayo que no podrían, pero, ¿crees que podrías cambiar de parecer? Yo me voy a El Paso. Allí tendré trabajo. Si es dinero lo que necesitan, les enviaré todo mi salario.

Candelario puso el tenedor sobre el plato. —Yo no le dije a Chayo que no podíamos tener a tu niño. Yo prometí aceptarlo, y una vez empeño mi palabra, hecho está.

—Pero Chayo dijo . . .

—Es tu hermana la que ahora no lo quiere. Es Chayo que ha cambiado de parecer.

Marta se quedó boquiabierta. Se dio vuelta para mirar a

Chayo que se había levantado de la mesa y ahora venía hacia ella.

—No es lo que tú crees —dijo Chayo—. Lo que sucede es que cuando venga mi bebé, yo deseo que sólo seamos los tres, Cande, el bebé y yo—. Se dejó caer al lado de la silla de Marta como si estuviera pidiéndole bendición. —Tita, este es mi primer bebé por el cual he esperado mucho tiempo.

La silla de Marta raspó el piso. —Me mentiste —dijo—. Mi única hermana me mintió. Se dio vuelta, y por segunda vez en dos días, huyó de casa de Chayo.

Obscurecía, Marta caminó por el arroyo en dirección al pueblo. Deambulaba por las calles sin derrotero, su mente ajena a la presencia de otras personas y a las sombras que empezaban a invadir los portales de las casas. Pronto llegó a la carretera en los límites del pueblo. Se detuvo y miró al otro lado. La casa del brujo estaba allí, y Marta asintió con la cabeza como si reconociera que el destino la había traído a este lugar. Cruzó la carretera y entró en el patio.

Don Picho Lara, el brujo, salió de un barranco que se iniciaba a unos pocos metros de la parte de atrás de la casa. Un perro grande y negro estaba a su lado y fue el primero en divisar a Marta. El perro ladró y se abalanzó hacia Marta quien se mantuvo rígida tratando de no aparentar miedo. —Don Picho —gritó—, llame al perro.

El brujo dió bruscas palmadas. —¡Diablo! —gritó—, y el perro corrió hacia él.

Con un ojo sobre el perro, Marta se dirigió al brujo. Este era de poca estatura, regordete y fuerte en apariencia. Llevaba calzones sueltos y una camisa bordada con serpientes y jaguares. —¿Quién sos? —preguntó.

—Marta Rodríguez.

—¿A qué venís?

¿Que porqué había venido? Porque tenía una hermana que rehusaba honrar el derecho de un miembro de la familia de pedir un favor a otro. —Es mi hermana. Es muy egoísta.

El brujo señaló un par de sillas que se encontraban

debajo de un techado de estaño corrugado que sobresalía del techo. Ambos se dirigieron a él y se sentaron, con el perro tumbado entre los dos. —Bien, dime más.

Marta Rodríguez inició inmediatamente el relato de su historia. El brujo la estudiaba mientras hablaba, y con sus dedos acariciaba la barba que se iniciaba en su mentón. Cuando hubo terminado, Marta preguntó: —¿Cree usted que puede hacer algo?

El brujo se sonrió con una sonrisa satánica. —¡Ah! Es mucho lo que puedo hacer.

—¿Si? —dijo ella preguntándose para sus adentros porque esto la sorprendía.

—Sí.

Marta se acomodó en la silla. —¿Y el costo?

El brujo acarició lo que parecía ser una pata de conejo que colgaba de su cuello con una cuerda.

—Todo depende —dijo.

—Necesito que me de un precio —dijo, alentada por el recuedo del rollo de billetes que tenía escondido en el tarro bajo su cama.

El brujo movió las manos en señal de irritación. —Bien, el precio es diez mil pesos.

—Y, ¿qué hará usted por ese dinero?

Había obscurecido aún más. La casa del brujo estaba ahora en las sombras, y era imposible distinguir entre las serpientes y jaguares de su camisa. —Haré que el niño no sea una carga.

Marta dio un salto. Cuando primero supo de su embarazo, estaba decidida a consultar cierto doctor que podía acabar con la vida que le estorbaba. Pero ahora . . .

El brujo continuó. —Necesitaré algo que haya estado cerca del niño. Una pieza de ropa que cubra el vientre. Cuando usted me la traiga, podré empezar.

—Pero es demasiado tarde para mí. Mi bebé nacerá dentro de cuatro meses.

Al Marta decir esto, el brujo echó su cabeza hacia atrás y

rió con tal fuerza que el perro se levantó y miró a su alrededor. El brujo se inclinó hacia delante de manera que la pata de conejo se balanceaba en el aire. —Niña —dijo—, no hablo de tu bebé. Hablo del de tu hermana. Emplearé mi magia sobre él. Marta se sintió palidecer. Se imaginaba como la magia del brujo iba a luchar contra el bebé en las entrañas de su hermana; luego, se imaginaba a su propio hijo ocupando su lugar en los brazos de Chayo.

—¿Qué será? —dijo el brujo. —¿Sí o no?

Las mejillas de Marta Rodríguez estaban arreboladas, y su boca tan seca, que creía no poder hablar, más sí lo hizo.

—Sí —dijo—, sorprendida únicamente, por lo bien que sonaba su respuesta.

Capítulo Seis

Remedios Elementales

FUEGO

El Abuelo Sol aparece por el este y baña a Remedios con sus suaves destellos. El Abuelo Sol es la Fuente de Todas las Cosas, y cada mañana al salir de su choza, Remedios se vuelve en dirección a él para que la bendiga. Remedios tiene la cabeza y los hombros envueltos en su rebozo negro, y se acurruca al lado del fogón que domina el cobertizo adjunto a la choza. A su lado, los gatos también se han acurrucado sobre el ruedo de su falda. Poco antes había encendido el fuego del comal, que pronto estaría listo para poner sobre él las tortillas del desayuno. El fuego, ardiente y brillante, ahuyenta la húmeda frialdad de la mañana.

Remedios se empapa del sol. Se imagina su propio sol interior brillando con la misma intensidad del Abuelo. Para concentrarse en la imagen del Abuelo, Remedios cierra los ojos, tararea con suave cadencia, y se mece un poco. Soy fuego, murmura; soy luz; soy alma; soy espíritu. Todos los días afirma lo mismo.

Bañada con la luz del sol, de nuevo trae a su mente un cuento muy conocido. Lejos, muy lejos de aquí crece un árbol, y alrededor de éste rondan un jaguar, un coyote, un escorpión y un lagarto. En la copa del árbol hay una enorme y gruesa serpiente, sobre cuya cabeza reposa una pequeña jaula y en ella un pájaro.

Como hace siempre que relata el cuento, Remedios visualiza el árbol como un amate. Se imagina los animales y los reptiles. La jaula está hecha de junco. El pájaro dentro de la jaula es una urraca muy negra; la punta de sus alas es de un verde iridiscente. Sus ojos son dos semillas obscuras y lustrosas. Encerrada en la jaula, la urraca abre su colosal pico y grazna: urra, urra.

Con su grito, el espíritu de Remedios se remonta hasta el árbol y vuela sobre los animales. Puesto que un espíritu es tan sutil como un rayo de sol, revolotea junto a la jaula y abre el picaporte. Así, la urraca queda libre. Urra, urra grazna la urraca agradecida, y le dice a Remedios: —Yo soy tu espíritu amigo.

Remedios abre sus ojos y contempla una urraca posada en una de las ramas inferiores del nogal. El pájaro ladea la cabeza y la observa. Remedios desgrana algunos granos de una mazorca de maíz que reposa junto al comal. Va hacia el árbol y le ofrece los granos al pájaro. La urraca cae revoloteando y arranca el obsequio suavemente, de la mano abierta de Remedios. Urraca se aleja, con un grano de maíz, un diminuto sol, entre su negro pico.

CAPÍTULO SIETE

Rafael Beltrán

EL MAESTRO

RAFAEL BELTRÁN OBSERVABA a sus estudiantes salir del salón de clases al corredor, que se llenaba de niños de poca edad con su ruidosa charla. Recogió los libros y papeles de su escritorio, y los colocó dentro del cartapacio que su madre le había regalado el día que empezó a enseñar. Durante los dieciséis años que lo tenía en su poder, el cartapacio había adquirido el color del café. La piel era muy flexible. Rafael hubiera deseado poder decir que él era igualmente flexible. Últimamente había estado pensando mucho acerca de la vida y había llegado a la conclusión que, a los cuarenta y un años era un hombre estirado y formal que no había disfrutado de la vida.

Cartapacio en mano, Rafael tomó su sombrero de la tablilla junto a la puerta. Se pasó la mano por la cabeza; estaba perdiendo el pelo. Esa misma mañana, al despertar, había visto más pelos sobre la almohada. Al razurarse, se miró durante largo tiempo en el espejo. Su cara lucía algo rechoncha. Sus ojos color de avellana habían perdido su brillo.

Mario Suárez, quien también enseñaba el segundo grado, asomó la cabeza en el salón. —Varios compañeros vamos a almorzar en el hotel de enfrente. Si deseas, acompáñanos.

—No puedo —dijo Rafael moviendo la cabeza—. De todos modos, gracias, —y se puso el sombrero. —Tengo que corregir algunos papeles —añadió—, y le dio una palmadita al cartapacio como si eso lo probara.

—Bien —dijo Mario—. Sin embargo, amigo mío, te entregas demasiado a tu trabajo. Sí, te entregas excesivamente.

Rafael sonrió débilmente, se encogió de hombros, y observó al maestro caminar por el corredor. Pronto salió a la calle, congestionada con automóviles y gente que iba a almorzar o a casa a dormir la siesta. Todos los almacenes de la cuadra cerraban durante las dos horas más bochornosas de la tarde. Se dirigió a la plaza para tomar el autobús de Santiago, el pueblo donde vivía. Al pasar frente al hotel vio a Mario y a otros tres profesores por la ventana del restaurante. Algunas noches, cuando no podía conciliar el sueño, Rafael fantaseaba estar almorzando con sus amigos, libre de la obligación que le exigía ir a casa todos los días para el almuerzo.

En la parada del autobús, Rafael se reunió con otras personas que también esperaban. Cuco, el vendedor de frutas, estaba frente a su carretilla rebosante de mangos, papayas, piñas y limones. Las palabras LA COCHTECA estaban pintadas en amarillo en el frente de la carretilla. Rafael sabía que en Tolteca significaban La Amapola.

—Buenas tardes, maestro —dijo Cuco al acercarse Rafael—. ¿Qué le parece un poco de fruta? Puedo rebanar algunas para usted. Cuco estaba parado a un lado de la carretilla, debajo de una enorme sombrilla roja.

—No hoy, Cuco. Aún tenemos de la de ayer.

—Entonces, ¿un cuento? Tengo uno llamado "El Enano de Uxmal."

En son de juego, Rafael le dijo no con el dedo. —Hombre, la memoria te falla. Me hiciste ese cuento hace mucho tiempo. Es un cuento maya, y se trata de una bruja que empolla un huevo, del que sale un bebé, que ella cría como su hijo.

—Sí, y el niño es muy inteligente, a pesar de su estatura. Maestro, veo que escuchó con atención. Cuco se sonrió abiertamente, dejando al descubierto sus despobladas encías.

—Cuco, a tí siempre te escucho—. En eso llegó el autobús, el cual se detuvo con un rechinar de frenos. Rafael tocó el ala de su sombrero para despedirse de Cuco, y subió al autobús. Rafael no podía recordar exactamente cuando el vendedor de frutas y él habían empezado el intercambio de cuentos. Durante años y años, quizás cuando Rafael hizo una observación sobre el nombre pintado en la carretilla de Cuco. Con el tiempo, Cuco le proporcionó dos cuentos nuevos para él, los cuales incorporó en el libro de leyendas indígenas que estaba compilando.

El autobús salió dando tumbos, y Rafael trató de mantener el equilibrio, a la vez que buscaba un asiento. Sin embargo, el vehículo estaba lleno. Por tanto, se mantuvo de pie en el pasillo, agarrado con una mano a la barra superior, con su cartapacio entre las piernas. Al mirar por la ventanilla del autobús, vislumbró breves reflejos del mar entre los edificios, casas y chozas. Rafael pensó en sus amigos que almorzaban en el hotel. Recordó su hogar y deseó por una vez, haber ido con ellos.

Al llegar a Santiago, Rafael se bajó en su parada. Pasó la panadería, la carnicería y el almacén de cerveza y agua de soda. Todos estaban cerrados. Dobló la esquina, continuó calle arriba, y pasó frente a la casa de Esperanza Clemente y su clínica. Esta última también permancía cerrada durante las horas de la siesta. Esperanza era enfermera y partera. Una vez en semana visitaba a su madre para tratar su reumatismo. Ver a Esperanza era como un lenitivo para Rafael. Deseaba que algún día pudiera sentarse con ella en algún restaurante frente al mar. Rafael no se permitía pensar en lo que tendría que hacer para que ese sueño se convirtiera en realidad.

Rafael llegó a su casa, entró, y se detuvo en el angosto pasillo que separaba su vivienda de la del vecino. El pasillo desembocaba en un patio abierto donde había un árbol de mango, unos cuantos pollos moteados, y un gato de ojos amarillos, llamado Chacbolay. Rafael puso su cartapacio en el piso, se quitó el sombrero, y se limpió la frente y la nuca con el pañuelo. Se sentía sofocado. Su camisa estaba empapada de sudor. Se reclinó contra la pared de la casa, agitado, no sólo por el calor sino por los hechos previsibles de su vida. Dentro de un momento su madre haría acto de presencia y diría: —Buenas maestro—, con aquella risita disimulada, y mirada tímida. Correría hacia él, bamboleando su obesidad en uno de los vestidos negros, al estilo de tiendas de campaña que insistía en usar. El buen hijo regresa, diría antes de tomar su cartapacio.

Rafael Beltrán esperó a su madre, mas ésta no hizo acto de presencia. Pasado un momento, volvió a ponerse el sombrero y salió al patio. —Mamá —llamó—. Al no tener respuesta, subió a la galería que corría por toda la parte de atrás de la casa. Metió la cabeza en la sala, en su dormitorio, y luego en el cuarto de su madre. No había indicio de ella.

La ansiedad lo embargaba. Cruzó el patio donde los pollos picoteaban en la tierra, y el gato dormitaba en una de las ramas del árbol de mango. Corrió a la cocina, y allí estaba su madre, doña Lina, de espaldas a la puerta, hablándole a una jovencita desconocida para Rafael.

—¿Mamá?

Doña Lina se dio vuelta, con una mirada de sorpresa en su rostro. —Has llegado y no salí a recibirte—. Vino hacia él, limpiándose las manos en el delantal. —¡Anda! Dame tus cosas—. De repente se detuvo. —¿Dónde está tu cartapacio?

—Allá detrás —dijo Rafael haciendo señas hacia el patio—. Iré por él dentro de un instante. Rafael dejó caer la mirada sobre la joven. Es Nahuatl, pensó, pues su linaje indígena se retrataba en su color cobrizo y la redondez de su rostro. La joven no apartó sus ojos al él mirarla.

—Traeré tus cosas —dijo doña Lina—. Salió de la cocina y Rafael la siguió. Al llegar al patio él preguntó: —¿Quién es la joven? ¿Por qué está aquí?

—Es Inés. Va a ayudarme en la cocina. Mis manos, ya sabes . . . y levantó sus manos reumáticas como si fuera un cirujano que se aproxima a la mesa de operaciones. —¿Recuerdas? Ya te hablé sobre ella.

—No, no recuerdo.

—Bien, pues sí te lo dije; dame tu sombrero, —e hizo un chirrido con la boca que demostraba su irritación. Además, quítate esa camisa; está empapada.

Rafael hizo caso omiso de su madre y fue a recoger su cartapacio.

—Bien, sí te lo informé, pero tú nunca escuchas —dijo doña Lina apresurando el paso—. La joven vendrá de lunes a viernes para preparar el almuerzo, y se quedará hasta que empiece a disponer la comida. Le pagaré del dinero que me envían tus hermanos. No es necesario pagarle mucho, pues sólo se trata de una indita.

A pesar de que la observación irritó a Rafael, se mantuvo callado. Recordaba los antiguos libros de texto en español, y los cuadernos que él había usado en la escuela. En ellos, se describían los indígenas como intrusos pobres y humildes, a quienes los niños mestizos debían tratar bondadosamente.

—La joven hace poco que vive aquí —continuó doña Lina—. Dice que es de Hueyapan. El Padre Juan, de la iglesia, me la envió.

Hueyapan era un pueblo cercano a la capital, y la mayor parte de su población era de origen indígena. Indígenas Xochimilca, no Nahuatl. Rafael se inclinó sobre su cartapacio y apartó las manos de su madre.

—¿Qué edad tiene?

—¿Qué?

—La muchacha. ¿Cuántos años tiene?

—Catorce.

—Debía estar en la escuela —dijo Rafael—. Recogió su cartapacio y se alejó de su madre.

Cuando venía a casa para almorzar, Rafael y su madre comían en el comedor al fondo de la galería, junto a la cocina. Ahora Inés servía las comidas. Por regla general, la comida consistía en una sopa, a la que seguía un pedazo de pescado o de carne y varias verduras. En el transcurso de los días Rafael observaba a la muchacha cautelosamente mientras ésta iba de un lado para otro, de la cocina a la mesa, con platos, fuentes y bandejas. Discernía en ella un aire de malhumor que se percibía en la forma como abría la puerta de la cocina, ya bien con un empujón de la cadera o poniendo un plato apresuradamente sobre la mesa. Era curioso, mas ese malhumor no se retrataba en su rostro, siempre serio e impasible, como si algo ardiera en su interior, algo que se demoraba en aflorar a la superficie.

—La indita es muy buena —dijo doña Lina unas semana después de Inés haber llegado, cuando ésta estaba en la cocina fuera del alcance del oído—. Doña Lina estaba sentada a la cabecera de la mesa, con despliegue de su amplio y protuberante busto. Por eso, tenemos que darle gracias a tus hermanos.

Rafael no respondió al último comentario de su madre. La verdad era que a pesar de que sus hermanos no faltaban en enviar dinero, ninguno de los dos, ambos en sus cincuenta, uno con residencia en la ciudad de México y el otro en Veracruz, había venido a Santiago durante los últimos cinco años, o más. Periódicamente cada uno mandaba a buscar a su madre para que pasase con ellos una vacación de unas cuantas semanas. Esto, como es natural, le permitía a Rafael actuar a sus anchas. Ambos hermanos decían sentirse orgullosos de la devoción de Rafael para con su madre.

—Me agradaría que no te refirieras a la muchacha de ese modo —dijo Rafael.

—¿A qué te refieres?

—Indita. Tú sabes que es una broma despectiva.

Doña Lina respondió: —Bueno, no se lo digo en su cara. Y después de todo, es india o ¿no lo es?

—En apariencia sí es cierto—. Rafael se tomó su café y apartó la taza. Dobló su servilleta, la colocó al lado de su plato y se levantó de la mesa.

Doña Lina miró su reloj pulsera. —Es hora de mi novela

—dijo—, apartando su silla. Llevaba meses escuchando un drama por la radio titulado *El Derecho de Nacer.* Durante la siesta, todo Santiago parecía escuchar la novela. Rafael dio gracias a Dios por la tregua. Siempre podía disfrutar de un poco de paz cuando pasaban el programa.

Rafael recogió el periódico que había apartado para leer y salió al patio. Aún tenía una hora antes de regresar a la escuela, y le agradaba disfrutarla sosegadamente debajo del árbol de mango, en la butaca con brazos de madera. Su madre se acomodó en el sillón de la galería. Sintonizó la radio, e inmediatamente la azucarada música anunció el comienzo del programa. Rafael abrió el periódico de la ciudad de México. Lo recibía dos veces por semana para mantenerse al corriente de las noticias. Echó un vistazo a los titulares. Se acusaba de soborno al Ministro de Gobernación. El Presidente tenía programada una visita a Guadalajara. Rafael levantó los ojos del periódico. La muchacha había salido de la cocina. Echó una rápida mirada a doña Lina, se escabulló por la galería y cruzó el patio en dirección a Rafael.

La joven vestía un traje azul celeste con mangas ahuecadas en los hombros. Su negro pelo caía sobre sus pechos en dos trenzas. Rafael echó una mirada hacia su madre. De la radio salían sollozos, y doña Lina se mordía el labio inferior. Rafael se volvió hacia la muchacha, quien ahora se encontraba junto a su silla.

—Usted es maestro —dijo—, y Rafael no estaba seguro si hacía una pregunta o si lo decía dándolo por sentado.

—Sí, soy maestro.

—Deseo que usted me enseñe —dijo.

Rafael colocó el periódico sobre sus rodillas. —¿Qué es lo que quieres aprender?

—No sé leer. Deseo aprender a escribir.

—¿Has ido a la escuela?

Inés negó con la cabeza, con ojos desafiantes, como para evitar comentarios adversos.

Rafael la miró por un momento antes de responder.

Puesto que él tenía los conocimientos para hacerlo, pensaba era su deber enseñarle. Sin embargo, había algo más profundo: lo haría porque había en ella tal seriedad, que le recordaba a sí mismo.

—Tendré mucho gusto en enseñarte —dijo.

La sonrisa que se inició en las comisuras de los labios de Inés, se desvaneció rápidamente. —Gracias maestro —dijo—. Con su permiso, tengo trabajo que hacer. Con la cabeza en alto, volvió a cruzar el patio.

Después que Inés regresó a la cocina, Rafael Beltrán miró fijamente por cierto tiempo la puerta por donde la joven había desaparecido. Se llevó una mano a la cara. Echó una mirada a su madre y se sintió aliviado al verla tan enfrascada en la radio. Al parecer no se había dado cuenta de su conversación con Inés.

Rafael Beltrán empezó a enseñar a leer a Inés. Todos los días de semana, mientras doña Lina escuchaba la radio, Inés y él se sentaban debajo del árbol de mango. Rafael pronunciaba el alfabeto y ella le hacía eco, concentrada, con el ceño fruncido y su dedo índice subrayando las grandes letras rojas que aparecían en la cartilla que él había traído para su uso. —Estas son las vocales —decía ella—, a, e, i, o, u, luego tomaba su lápiz y copiaba cada letra en cuadrados de papel rayado, apretando el lápiz con tal fuerza que sus cobrizos dedos palidecían. El día que escribió su nombre, Rafael aplaudió en aprobación como lo hacía con los estudiantes más pequeños, e Inés estrechó el papel contra su corazón y le sonrió.

Doña Lina desvió su mirada del programa y miró hacia ellos. —¿Qué fue? —preguntó con una expresión de recelo en su rostro.

—Inés ha escrito su nombre —dijo Rafael—. Fue hacia su madre y le mostró el papel en el cual aparecían las letras de molde que deletreaban Inés Calzada. Sin embargo, doña Lina sólo echó una mirada superficial en dirección a ella antes de volver a su programa. Rafael volvió donde la muchacha, esperando que ésta no se hubiese dado cuenta de este último rechazo. Desde que estaba enseñando a Inés, Rafael no tan sólo había observado la desaprobación de su madre, sino que ésta había empezado a escuchar la radio por un oído, mientras que por el otro estaba atenta a lo que ocurría debajo del árbol de mango. Demostraba su desaprobación mediante veladas indirectas que pronto fueron mermando hasta convertirse en períodos de silencio sepulcral que le eran tan familiares.

Hoy, Rafael y doña Lina leían, sentados en la galería. La noche estaba fresca, y la luz de la luna se filtraba por las ramas del árbol, iluminando el patio con finas siluetas. Rafael levantó sus ojos del libro y miró a su madre sentada en frente a él. En la anémica luz de la lámpara que estaba a su lado, los ásperos perfiles del temperamento de su madre se suavizaban y se transmutaban. Era una mujer vieja, sin amigos. Una mujer que, salvo la misa diaria y las rápidas salidas al mercado, no se aventuraba a salir de casa. Rafael sintió cierta tristeza ante la lastimera realidad de la vida de su madre. A pesar de que hacía días que se mostraba malhumorada y reservada, Rafael decidió tratar de hacerla hablar. —Inés, la muchacha —dijo—, tiene mucha suerte en aprender en un lugar donde puede enseñársele. Mamá, es a tí a quien tiene que agradecerlo.

Doña Lina levantó los ojos de su libro, y miró a Rafael antes de hablar. —En algo tienes razón. Yo le pago a la indita para que trabaje. Mi casa no es una escuela.

—Ella hace todo el trabajo que le pides. Enseñarla a leer toma muy poco tiempo. Podría añadir . . . *mí* tiempo. Rafael sintió que la sangre le subía a la cabeza.

—No sé porqué te preocupas por ella, —dijo doña Lina con un bufido. Sólo se trata de una indita.

—Es inteligente y es digna de aprender, —dijo él, arrepentido de haber sacado a colación el nombre de Inés. Para disipar su enojo, se levantó de la silla y caminó hasta el fondo del patio. Las gallinas ya se habían encaramado al árbol. Las podía observar aperchadas en una de las ramas inferiores. Chac dormitaba en la silla debajo del árbol. Rafael se imaginó que el gato se despertaba y caía sobre las aves, y también que él podía adoptar una actitud firme con su madre. Sin embargo, el sólo pensarlo le producía escalofríos.

Recordó cuando tenía diez años. Su hermano Tomás se había mudado a Veracruz. Alfredo lo había hecho dos años antes. Cuando sólo Rafael quedaba en la casa, su madre había caído en tal estado de muda desesperación que Rafael no tuvo la menor duda que él había sido el causante. Cada día se reprendía a sí mismo, y mantenía en su mente una lista de sus defectos. No obstante, a pesar de todas sus pequeñas atenciones, era incapaz de hacer hablar a su madre.

Cierto día, al sentarse a almorzar, su silencio retumbó con tal fuerza dentro de su cráneo, que cuando se había tomado la mitad de su sopa, tomó la escudilla y la lanzó en el aire. El arrebato lo dejó estupefacto, y aguantó la respiración en espera de los resultados. Sin embargo, su madre permaneció muda; se levantó de la mesa, se inclinó sobre los cascos, los recogió todos y no cesó de llorar quedamente mientras lo hacía. Rafael fue hacia ella, pues al parecer ahora era él la causa de un dolor más para ella. Se inclinó a su lado y colocó sobre la palma de su propia mano, los pedazos rotos de la escudilla. —Mamá, lo siento —dijo, y entonces ella habló. —Así debe ser —dijo.

Ahora Rafael se dirigió a su madre que había vuelto a enfrascarse en su libro. —Estaré en mi cuarto —dijo—, quizás sólo al viento. Salió de la galería, consciente de la deprimente realidad que envolvía su existencia. Tenía cuarenta y cinco años, y carecía de algo que otras personas tenían. Quizás sufriera de alguna deficiencia biológica que lo convertía en un hombre dócil y obediente.

A la mañana siguiente, un sábado, Rafael Beltrán tomó el autobús de Manzanillo, con destino a El Cerro, el vecindario donde vivía Beto Burgos. Beto era uno de sus estudiantes y de nuevo había estado ausente. Rafael procuraba saber la causa de su última ausencia.

Era día de mercado en Manzanillo. En el centro de algunas de las calles se habían levantado puestos, rebosantes de mercancía y techados con coloridos géneros. Muchas radios anunciaban a gritos, y la música y los comentarios trataban por todos los medios de captar la atención de los transeúntes. No obstante, cuando Rafael llegó a El Cerro, todo había cambiado, pues la mañana había adquirido el aspecto sombrío de los alrededores. El Cerro no tenía calles, sólo un camino sin asfaltar, cuesta arriba, con chozas a ambos lados, que se inclinaban unas contra otras como si así evitaran derrumbarse. Además, en El Cerro no había agua corriente excepto el grifo al pie de la cuesta. Durante la noche, la única iluminación provenía de las velas encendidas en la chozas. El alumbrado de la calle del pueblo no era suficiente para iluminar la cuesta de El Cerro.

La cuesta era empinada y Rafael jadeaba un poco cuando llegó a casa de Beto. La casa tenía paredes cubiertas de papel alquitranado y un techo plano de hojalata, que dentro de una o dos horas recrudecería el calor. Al lado de la puerta había una sóla ventana cubierta con tela metálica, y en el antepecho interior, había botellas alineadas, y en cada una de ellas conchas marinas y pedazos de vidrio relucientes. Rafael tocó a la puerta. Concha Burgos, la madre de Beto, abrió.

—Buenos días, señora—. Rafael se quitó el sombrero y lo mantuvo contra su muslo.

—Buenas, maestro —dijo, sin demostrar sorpresa al verlo—. Salió de la casa y cerró la puerta lentamente. —Los muchachos duermen —observó—. Era una mujer joven, quizás en sus veinte con un aire de mujer de su casa que delataba un marido y niños, y una dulce intimidad como corolario de ambas cosas . . . un galardón fuera del alcance de Rafael.

Rafael puso su cartapacio en el piso cerca de la puerta.

No era su intención abordar de inmediato la razón de su visita. Concha sabía porqué estaba allí. Había venido antes, y siempre se trataba de Beto.

—Hoy es el Tianguis —dijo Rafael, apuntando con el dedo hacia el mercado. Pensó que esa sería la mejor manera de iniciar la conversación.

Concha asintió y permaneció callada. Rafael lo consideró una señal y dijo: —Durante la semana pasada Beto faltó dos días a clase.

—El muchacho estaba pescando con su padre. La pesca ahora es buena y cuatro manos en la barca son mejores que dos.

—Me alegra que los tiempos sean buenos —dijo Rafael— pero la educación de un niño es muy importante. Ya en otra oportunidad Rafael le había dicho lo mismo. Hubiese deseado no haberlo tenido que repetir ahora, pues sonaba hueco y distante como si él no comprendiera la realidad de sus vidas y como, al fin y a la postre, todo depende de la cantidad de dinero que se tiene en el bolsillo.

Concha guardó silencio por un momento, y luego dijo: —Beto sólo tiene ocho años, y es el primero de mis hijos que va a la escuela.

—Beto es un buen muchacho —dijo Rafael—. Miró hacia la hilera de casas desvencijadas al otro lado del camino y, entre ellas, la franja obscura que producía el mar en el remoto horizonte. Deseaba para el niño, un futuro en el cual hubiera algo más que tristeza. Luego pensó en su propia vida, y como en ella había otro tipo de desolación.

—Los muchachos y yo vamos a Oaxaca —dijo Concha—. Salimos mañana.

—Beto perderá clases.

—Beto no va. Se quedará con su padre.

—Veo —dijo Rafael—, y estaba a punto a decir algo más cuando vio a Inés subiendo la cuesta. Se quedó pasmado y se echó hacia atrás, bajo la sombra del techo saliente de la casa. La muchacha cargaba dos cubos plásticos que, a juzgar por la manera como tiraban de sus brazos, estaban llenos de agua.

—Oaxaca es mi pueblo natal —decía Concha—. Hace dos años que no lo visito. Rafael sonrió y asintió con la cabeza. Mientras tanto miraba a la muchacha disimuladamente. Ésta subió la cuesta con los hombros arqueados bajo el peso del agua, y se dirigió a una choza apartada de las demás. Un hombre de edad, sin duda su padre, salió de la choza al ella acercarse. —¿Porqué tardaste tanto? —gritó a voz en cuello—. Quiero mi café—. Cuando la muchacha pasó a su lado, le dio un codazo sobre el hombro que la hizo tropezar y estuvo a punto de dejar caer los cubos. El agua de éstos se desbordó y cayó sobre sus pies desnudos. Sin embargo, pudo recobrar su equilibrio y entró en la choza. El hombre escupió en la tierra, levantó su camiseta y se rascó el vientre. Miró en dirección a Rafael, y luego volvió a entrar en la choza.

Rafael apuntó hacia la cuesta. —Esa muchacha —dijo—.

—Son vecinos recientes. Son sólo dos. El viejo no es bueno con ella.

—Así veo —dijo Rafael. Sintió el impulso de cruzar el camino y acudir en auxilio de Inés, pero se contuvo.

En las semanas siguientes, Rafael sintió que un lazo lo unía a Inés pues había vislumbrado algo de su vida, y a pesar de no haberle participado lo que había visto aquella mañana en el El Cerro, trataba de compensar la injusticia de que era objeto. Improvisó una cartilla de lectura con cuentos y leyendas sencillas, cuentos sobre valentía y fortaleza, que ella pronto devoraba, y siempre aguardaba los siguientes con ansiedad.

Cierto día, hacia fines de marzo, al Inés servir el almuerzo a Rafael le llamó la atención su excessiva precaución al traer un platón de arroz con pollo. —¿Te pasa algo? —le preguntó Rafael.

Inés palideció y dijo en voz baja: —No maestro—, y al decirlo dejó caer el platón, el cual dio contra el lado de la mesa, se volcó y cayó al suelo con gran estrépito.

—¡Madre de Dios! —exclamó doña Lina en el momento en que la muchacha exhalaba un gran suspiro y se desplomaba sobre el piso.

Rafael apartó su silla violentamente, y se hincó junto a Inés quien, amontonada en el piso con sus piernas alzadas contra el pecho, gemía. El piso estaba lleno de pedazos de pollo y de arroz amarillo. Rafael apartó alguna de la comida, y doña Lina dio la vuelta a la mesa y se arrodilló al lado de Inés.

La muchacha gritaba. Se dio vuelta sobre la espalda, alzó sus piernas, y apresuradamente colocó la falda de su vestido entre ellas. Sus muslos estaban manchados de sangre, así como su vestido.

—Dios mío, tiene una hemorragia —exclamó doña Lina.

—Esperanza —dijo Rafael—. Voy a buscarla. Complacido de poder hacer algo, saltó por la galería, corrió por el pasillo y salió a la calle. Cuando llegó a casa de Esperanza la puerta estaba cerrada. Le faltaba la respiración y el corazón parecía querer salírsele del pecho. Con el puño tocó la puerta, y cuando Esperanza la abrió, sólo pudo decir su nombre y detenerse, porque hasta ese momento no había podido darse cuenta del gran alivio que sentía al verla.

—Rafa, ¿qué sucede?

—Tienes que venir a casa.

Esperanza salió a la acera. —¿Se trata de tu madre?

—No. Es Inés, la muchacha. Está sangrando. Creo que se está muriendo. Hasta ese momento no se había dado cuenta de que había tanta sangre. Se miró las manos como si éstas también estuvieran ensangrentadas.

—Voy por mi botiquín —dijo Esperanza.

Al irrumpir en la casa podían oir los gritos de la muchacha. Ahora Inés se encontraba tendida a poca distancia de la mesa. Una mancha obscura sobre las baldosas acusaba el trayecto por el cual se había movido. Doña Lina permanecía a su lado.

Esperanza se arrodilló al lado de la muchacha.

—Sangra en abundancia —dijo doña Lina—. Le coloqué una toalla doblada entre sus piernas.

Rafael se retiró, pues ya había hecho todo lo que podía hacer. Se fue a su dormitorio, cerró la puerta, encendió la lámpara de su escritorio y se dejó caer sobre una silla. Miró su reloj. En menos de hora y media debía volver a la escuela. Cerró los ojos. La muchacha . . . ¿Qué le sucedía? Él no sabía mucho respecto a las jóvenes, y, en cuanto a las mujeres, francamente eran un misterio.

Oyó que la puerta se abrío y apareció su madre con expresión seria.

Rafael se levantó de la silla. Las noticias que traía su madre no eran buenas. —¿Se murió la muchacha?

Doña Lina cerró la puerta y entró en el cuarto. —No, no murió. La indita está lejos de morir.

—¿Oh? —Estaba confundido—. Creí que por la sangre . . .

Doña Lina no le dio la oportunidad de terminar. —Está abortando.

—¿Un aborto?

—A la muchacha le han pegado. Sin duda su padre. Me hablaste de él, ¿recuerdas? Pues, debe haberse enterado que la muchacha estaba embarazada y le pegó a causa de eso—. Doña Lina se sentó en el borde de la cama y los muelles crujieron su protesta. —En realidad, Rafael, el hombre nos hizo un favor.

Rafael negó con la cabeza. —¿Un favor?

—No tienes porqué preocuparte. Nada le dije a Esperanza. Sin embargo, Rafael, yo veía venir todo esto. La indita y tú. Todas aquellas horas debajo del árbol de mango. Todo el pastel entre ustedes. Luego, los sábados que salías y no volvías durante toda la mañana.

Para Rafael, la habitación pareció achicarse.

—Mamá, ¿que estás diciendo?

—Rafael, no soy ingenua. Soy una mujer vieja. He vivido una larga vida y he visto mucho. Los hombres tienen ciertas necesidades. Eso bien lo sé. Las inditas como ella se aprovechan. Ellas . . .

Rafael sintió en su cabeza el zumbido ya tan familiar, y no escuchó más lo que su madre tenía que decir. Se llevó una mano al oído y salió de la habitación, tambaleándose un poco al salir a la claridad de la galería. Tomó su sombrero y su cartapacio y se dirigió al pasillo. Esperanza lo alcanzó en la puerta de entrada. —¿Te vas?

Rafael asintió. —Tengo papeles que corregir.

—¿Te comunicó tu madre el asunto de Inés?

Rafael volvió a asentir.

Esperanza acarició el brazo de Rafael.

—Estás muy serio, mas no debes preocuparte. Inés saldrá bien; es joven y resistente. Tan pronto pueda, la llevaré a mi casa pues no podemos permitir que vuelva a la suya. Su marido es muy violento. Si él viene a buscarla no podemos decirle donde está.

—¿Su marido? Ella no tiene marido—. Rafael recordó al hombre que esa mañana había salido de la choza en El Cerro. —¿No fue su padre quien le pegó?

—No, Rafa. Fue su marido. El hombre con quien vive es su marido.

—No puede ser.

—Sin embargo, es la verdad. Yo he hablado con la muchacha. Todas las semanas, cuando vengo a hacerle el tratamiento a tu madre, la muchacha y yo hablamos. Créeme, conozco todos las pormenores de la situación de Inés.

Rafael no podía pensar con claridad.

—¿Lo sabe mi madre?

—¿Sabe qué?

—Que fue su marido quien le pegó. ¿Sabe eso mi madre?

La sorpresa se retrató en el rostro de Esperanza. —Yo no sé—. Miró hacia el patio. Debo irme. Cuando regreses, ven a casa. Tenemos que hacer planes respecto a Inés.

Rafael salió de la casa y tomó el autobús con destino a Manzanillo. Pasado algún rato, su mente comenzó a aclararse. No podía perdonar a su madre por lo que había pensado de él. De él y de la joven. La muchacha era una niña, sólo unos cuantos años mayor que sus alumnos. El había ejercido de maestro durante dieciséis años. Era un buen maestro; un buen hombre. Por la ventana del autobús Rafael vislumbró el mar. Pensó: —Soy el hijo cuya madre nunca lo tuvo en cuenta. Durante el resto de la tarde, mientras trabajaba en su escritorio, no podía pensar en otra cosa.

Más tarde, cuando Rafael Beltrán llegó a casa, su madre lo detuvo al entrar. Doña Lina no llevaba su acostumbrado traje negro, sino un vestido verde jaspeado de hilos dorados. El vestido le quedaba estrecho del pecho y de la cintura.

—Tengo una sorpresa para tí —dijo—. El fotógrafo está aquí. Te hemos estado esperando. Nos va a tomar un retrato. Doña Lina se dio vuelta con una desgarbada pirueta. —Saqué este traje del ropero. Me va bien ¿no crees?

Rafael no saludó a su madre, ni se detuvo, sino que continuó hacia la galería.

Doña Lina lo seguió resoplando, y ajustó su paso al suyo. —Estás enojado conmigo —dijo—. Me doy cuenta. Mas, ¿puedes culparme? Sé que la muchacha está casada. Esperanza me lo dijo. Ahora sé que no fuiste tú, pero bien pudiste haber sido. Muchachas como esa, a menudo se aprovechan.

Rafael subió a la galería y observó una cámara fotográfica sobre un trípode al lado de la butaca de su madre. Una maleta llena de rollos de película y otros objetos interesantes, estaban sobre el piso. Al lado de la cámara estaba un hombre de pie, con un sombrero gris, un saco con el brillo del uso, y un clavel medio marchito en el ojal.

—Muy buenas, maestro —dijo el hombre, y Rafael se imaginó haber oído el taconeo de los zapatos del hombre, quien fue hacia Rafael con paso ligero y le tendió la mano. —Fulgencio Llanos a sus órdenes.

Rafael tomó la mano del hombre y asintió con la cabeza. Su madre se apresuró a unirse a ellos. —El señor Llanos es muy conocido. Fue él quien tomó una fotografía de El Santo sin su antifaz.

—Las fotografías aparecieron en *La Tribuna* —dijo el fotógrafo, meciéndose un poco sobre sus talones.

Rafael recordaba vagamente haber visto, meses atrás, alguna reseña sobre El Santo. La lucha libre no era un deporte que le interesase.

—El señor Llanos va a tomar nuestra fotografía —dijo doña Lina, cuyo rostro estaba húmedo y arrebolado. Con el dedo, se limpió el sudor de sus labios—. Enviaremos las fotografías a tus hermanos. Serán el obsequio perfecto para la Navidad.

—Tengo que salir —dijo Rafael y se dirigió hacia su habitación. Colgó su sombrero y puso su cartapacio sobre el escritorio. Oyó cuando su madre decía en la galería: —No sabía que mi hijo tuviera otros planes. Quizás podría usted volver en otra ocasión.

—Pero, señora, luce usted tan hermosa. Ese vestido le hace favor a sus bellas facciones. Sin duda debo aprovechar el momento y captar su hermosura en una fotografía.

—Creo que debe volver —dijo doña Lina—, vuelva en otra ocasión cuando mi hijo esté aquí.

—Pero señora, yo soy un hombre muy ocupado. No sé cuando voy a estar de nuevo en esta vecindad. Aproveche el momento, señora. Aproveche el momento ahora.

Rafael entró al cuarto de baño, se desvistió y se dio una ducha. De vuelta en su habitación, se puso ropa limpia.

Cuando salió su madre estaba en el patio. El fotógrafo y su equipo habían desaparecido. Doña Lina se apresuró a correr a su lado. —Despedí al fotógrafo —dijo—. No deseo una fotografía sin tí—. Al Rafael no responder, ella preguntó: —¿Donde vas?

—Fuera —dijo él dirigiéndose hacia la puerta.

Ella lo siguió por todo el pasillo. —¿Es esa la manera que un hijo debe tratar a su madre? Rafael, exijo algún respeto.

Rafael salió sin mirar hacia atrás. Cuando llegó a casa de Esperanza, se sentaron en la sala, que también servía de sala de espera para sus clientes. A esa hora no había clientes, sólo ella y Rafael.

—No te pusiste tu sombrero —dijo Esperanza.

Rafael se pasó una mano por la cabeza. —Debo haberlo olvidado—. Esperanza tenía puesto otro traje del que llevaba en la mañana. El de ahora era blanco con pequeñas florecitas.

—Me gustan las florecitas de tu traje —dijo Rafael.

Esperanza bajó la cabeza y miró su indumentaria. —No son florecitas, sino estrellas. Sin embargo, puedes llamarlas florecitas si así lo deseas. Esperanza rió y al hacerlo, mostró dos dientes delanteros un poco torcidos.

—¿Deseas tomar café? Podemos ir al café aquí cerca.

Esperanza frunció el ceño. —No puedo. No quiero dejar sola a Inés. Ha tenido una tarde muy difícil. Sin embargo, yo puedo hacer café y podemos tomarlo aquí, y hasta tengo algunos pastelitos.

—Me agradaría mucho —dijo Rafael, ¿Quedará bien Inés?

—Por suspuesto. Pronto la vida de Inés va a cambiar. Telefoneé a un matrimonio amigo que vive en Guadalajara y ellos le darán alojamiento. Sale mañana en el autobús de las ocho.

—Todo el mundo necesita un nuevo comienzo —dijo Rafael.

Al día siguiente, antes de abrirse la escuela, los tres se encontraron en la parada de los autobuses y esperaron el de Inés. Había otros que también esperaban. La mañana aún estaba fresca, y la luz del sol algo débil y difusa. Inés estaba de pie al lado de Esperanza, apoyándose en ella un tanto. La muchacha estaba pálida. Vestía un traje y un suéter rosado con botones perlados en el frente, que Esperanza le había conseguido. Inés sostenía una bolsa plástica que contenía un cambio de ropa y el dinero que Rafael le había dado.

Llegó el autobús y la gente corrió hacia el. La mayoría llevaba bolsas plásticas como la de Inés, aunque unos cuantos llevaban maletas. Rafael observó cuando Esperanza y la muchacha se abrazaron. Cuando se hablaron en voz baja, Rafael desvió la mirada.

—Maestro —dijo Inés—. Ahora estaba a su lado, y en su rostro se retrataba una seriedad tal que nunca podría olvidar. Puso una mano sobre su manga y la retiró rápidamente.

En un momento de inspiración, Rafael abrió su cartapacio, sacó sus papeles y se lo dió a Inés. —Deseo que lo tomes. Me sentiré orgulloso de que lo tengas. Suavemente Rafael le quitó la bolsa plástica y la puso dentro del cartapacio. Cerró las hebillas de las correas y se lo entregó a ella.

Inés sonrió. Por un instante, se retrató en su rostro la suavidad que él había observado el día que convino en enseñarle. La muchacha mantuvo el cartapacio contra su pecho. —Gracias, maestro —dijo—, y dándose vuelta corrió a reunirse con las demás personas en el autobús.

Con Esperanza a su lado, Rafael Beltrán observó arrancar el camión, y levantó una mano para decir adiós al rostro sombrío enmarcado en la ventanilla trasera.

Capítulo Ocho

César Burgos

EL PESCADOR

César Burgos se despertó muy temprano. Por unos instantes permaneció en su lecho, escuchando el sonido del viento y observando la franja de una luz débil debajo de su puerta. —Beto—, susurró el nombre de su hijo, esperando despertar al niño y embaucarlo para que, medio dormido, le diera una respuesta. A César no le importaba recurrir a tácticas como esa, pues su único deseo era que su hijo volviese a hablar. Deseaba algo más que un gruñido y un encogimiento de hombros por respuesta. —Beto —dijo César nuevamente—. No obstante no hubo respuesta del otro lado de la habitación.

César se levantó. Agarró sus pantalones y se los puso. Antes de ponerse los zapatos sacudió éstos, no fuera que algún insecto estuviese dentro. El piso estaba helado, y se sentía tal frío en la habitación que de estar en alta mar desplazaría los peces a mayor profundidad. César se puso un suéter y dio vuelta alrededor del catre de su hijo. El niño de ocho años estaba hecho un ovillo. El rebozo que había sido de su madre, y que desde su muerte, siempre lo llevaba a la cama consigo, cubría su cabeza.

César fue a la ventana y levantó la cortina. La mañana era gris y los remolinos jugueteaban de un lado a otro de la calle. César dejó caer la cortina, cruzó la habitación y encendió ambos mecheros de la estufa. En uno puso la cafetera que había dejado lista la noche anterior. Cuando el café estuvo caliente, se sirvió una taza. A sus espaldas su hijo se movió. César se volvió hacia él. Beto estaba apoyado sobre un codo y se había arrebujado en el rebozo de manera que le cubría los hombros. Beto era trigueño, como su madre, con el mismo corte de boca que el de ella. —¿Dormiste? —preguntó César.

Beto se encogió de hombros. Volvió a desplomarse en el catre y una vez más se cubrió la cabeza con el rebozo.

César contempló al niño cubrirse con el pedazo de tela que aún conservaba el olor de su madre. Pensó en su vida antes de que ocurriera la desgracia. A pesar de las imprevisibles mareas de una vida que depende del mar, había sido un hombre a quien poco le faltaba: era dueño de una casa aunque humilde, gozaba la camaradería de una mujer buena y fiel, y, sobre todo tenía tres hijos en quienes había cifrado muchas de sus esperanzas para el futuro.

César saboreó su café. Era sábado, el comienzo de la estación de los vientos del norte, y el mar estaba picado. En días como éste la pesca marina no era buena, y César se iba a los esteros donde se refugiaban los peces. Sin embargo, a pesar del tiempo, hoy saldría al mar. Hoy necesitaba sentir el mar debajo de sus pies. Cada vez que ponía un pie en su bote, dejaba su angustia en la playa. En su bote se sentía protegido del viraje tan monstruoso que había habido en su vida.

—Deseo que salgas de la cama —dijo César—. Se dio vuelta hacia la estufa, mientras en sus oídos retumbaba la dureza de sus palabras, que era su única forma de seguir adelante. Retiró el café del mechero y puso en él una olla de frijoles. Redujo la llama del segundo mechero, y colocó en el tres tortillas. Esta había sido la vida de Concha. Preparar las comidas, ir al mercado, barrer, limpiar la casa y cuidar los niños. Ahora era él quien se tenía que ocupar de la casa y criar al único hijo que le quedaba. Durante los dos meses transcurridos desde el accidente él se había ocupado de todo eso, además de salir al mar. Sin embargo, sentía que no estaba desempeñando su cometido como era debido. El mar era tan exigente que de junio a noviembre, la época de mejor tiempo, la única tarea era pescar, pescar desde la mañana hasta la noche, y, ¿quién podía darle una buena crianza a un niño con tal horario? Antes de dedicarse a la pesca había hecho otros trabajos. Sin embargo, no quería pensar en dejar la pesca cuando era el mar el que lo trataba mejor.

Cuando las tortillas estuvieron calientes César las retiró de la estufa y las hacinó en un plato. También sirvió los frijoles y puso la comida sobre la mesa. Beto había dejado a un lado el rebozo de Concha y estaba sentado a la orilla del catre, tratando de ponerse un viejo par de Adidas que insistía en usar sin los cordones. Fue hacia el tocador, y mojó un peine en un vaso de agua antes de pasárselo por el pelo. Un mechón rebelde en el centro de la cabeza rechazaba el peine, mas César resistió el impulso de decírselo al niño. Beto se sirvió una taza de café, y caminó hacia la mesa. —El café no es bueno para tí —dijo César—. Allí hay leche.

Beto se echó un trago de café e hizo una mueca al probarlo.

César se mordió el labio. En la escuela el muchacho era hosco y reservado. Cuando su madre y sus hermanitos vivían, era un niño muy diferente. —¡Chinga! —pensó César—. ¿Quién no era diferente entonces? Habían constituido una familia feliz. Rodolfo y Reynaldo eran curiosos, efervescentes, y amaban a su hermano mayor y lo respetaban. Beto siempre velaba por ellos cuando se metían en algún lío, y se interponía entre Concha y ellos si ésta tomaba la escoba, y riéndose los perseguía. A menudo, los tres se sentaban en el catre de Beto, de espaldas a la pared. Beto derramaba las conchas que habían recogido, y les hacía cuentos: cómo había llegado hasta ellos aquella concha moteada procedente de cierto lugar en el mar; cómo este pequeño caracol marino había dejado atrás a sus hermanos, y cómo, si los muchachos se colocaban la concha sobre el oído podían escuchar el sonido de las demás conchas que llamaban. César echó una mirada al antepecho de la ventana sobre el cual Beto había guardado los tarros con su colección. En algún momento después del accidente —César no se había dado cuenta exactamente cuándo—, los tarros habían desaparecido.

—Por favor, come tu desayuno —dijo al muchacho.

Beto retiró su plato.

—Debes comer —dijo César, cuya voz empezaba a delatar su frustración, pues ante sus ojos el niño languidecía. Para calmar su ánimo, César se enfrascó en la capillita que ocupaba la mayor parte de la mesa. Si alguna vez la llegaba a terminar, la pondría al lado del camino donde el autobús que regresaba de Oaxaca a toda velocidad, había rebasado la curva.

La capillita era una caja grande y cuadrada en forma de capilla. En el frente tenía una puerta de vidrio y en la parte superior, encima de la puerta, una alta cruz de madera. César Burgos había trabajado en ella por espacio de un mes, más o menos. No obstante, por una razón u otra, todo intento de mejorarla había fracasado. César la había pintado, primero de rosado y luego de azul, como el cielo del amanecer. Ahora era blanca, y al acariciarla con la mano su fealdad lo afligía. Le había pedido ayuda a su hijo, pero el muchacho había rehusado.

César se levantó de la mesa con el deprimente espectáculo de la capillita y de su hijo. Fue a la ventana y de nuevo miró hacia fuera. El viento había amainado, mas el cielo permanecía gris. Entre las chozas al otro lado de la calle, el mar surgía como una mancha negra; no obstante, su vista era estimulante. César amaba la grandiosidad del mar y el formidable misterio que encerraba. Amaba las criaturas del mar, las que veía, y las que sólo se podía imaginar. Cuando llegó a Manzanillo por vez primera —él había nacido en la capital, pero la había dejado para trasladarse a Veracruz y a los cañaverales del lugar—, había pescado desde la orilla con arpón y red. Sin embargo, más tarde, cuando tuvo un esquife, había salido a mar abierto. Cada día se sentaba en su bote, perseguía a los peces y saboreaba su libertad, pues sí, hay libertad en la pesca. No así con la caña de azúcar. La pesca le proporciona al hombre tiempo silente para pensar. Además, le daba la sensación del agua y de su movimiento, y un indicio de los colores que jugueteaban sobre ésta. Traía el cielo y las nubes, la luz del sol y de la luna que espejeaban sobre las montañas o a lo largo de la costa. La pesca también traía sus peligros. Peligro de las mareas, de los vientos y de las criaturas del mar. No obstante, el peligro acentuaba la vigilancia. El peligro creaba la situación en la cual el hombre podía demostrar su valor. Doce años atrás, cuando tenía diecinueve años de edad, vino al mar por primera vez. Había salido de Veracruz y cruzado la latitud de la república de México para venir a Manzanillo. Aquí había encontrado un nuevo mar, y le tomó meses familiarizarse con las características de las mareas y corrientes, memorizar las distancias, ubicar las rocas y, en algunos casos los árboles que servían para indicar ciertas profundidades, o lugares de pesca. Además, los vientos de aquí eran diferentes a los vientos de la otra costa de México, y afectaban a los peces de distinta manera. Eso también le fue necesario aprender. Sin embargo, las estrellas que brillaban sobre su cabeza no habían cambiado, y consideraba una bendición mirar la noche, y saber que las estrellas lo habían acompañado durante todas las etapas de su vida.

Cuando tenía veintiún años de edad, se había casado con Concha Ojeda. Fue ella quien le permitió entregarse al mar. No obstante, ahora Concha había desaparecido y en los meses transcurridos después del accidente, el muchacho había quedado mudo y se debilitaba a ojos vista. El muchacho necesitaba el amor de una madre, la fortaleza de un padre, y no había nada de lo primero y muy poco de lo segundo. César pensó en la hermana de Concha que vivía en Oaxaca. Ella le había pedido el niño. Lo criaría con los suyos, le había dicho en el velorio. Desde entonces César Burgos había sufrido enormemente al pensar en la oferta de su cuñada, y había momentos cuando pensaba que lo tendría que dejar ir.

Se volvió hacia su hijo, sentado a la mesa con la barbilla

metida dentro del pecho. —Después de un rato, iremos al mar —dijo César—. Desde el accidente, el muchacho había rehusado salir en el bote. Sin embargo, hoy César insistiría. Quizás el mar haría que el muchacho volviera a ser el de antes.

Beto nada dijo.

—¿Oíste lo que dije? Dije que saldríamos en el bote.

De nuevo no hubo repuesta de su hijo.

—¿Por qué no hablas? —gritó César, que sintió la sangre subírsele al cuello y a los carrillos. ¡En nombre de Dios, di algo, cualquier cosa!

Beto se dejó caer pesadamente contra el respaldar de la silla.

César se apretó la nuca, mientras sentía que la impotencia lo embargaba. De nuevo volvió a mirar por la ventana. No hay nada que yo pueda hacer por mi hijo, pensó. Nada. Absolutamente nada.

En el bote, el mar era plomizo. Había ocasiones cuando el mar estaba muy azul, el agua brillante, sedosa al tacto y tan clara que permitía ver claramente en las profundidades, las redes hinchadas y las escuelas de bacalao, de róbalo o de lija dirigiéndose silenciosamente hacia éstas. Mas hoy amenazaba el viento norte, y la profundidad del mar era tan impenetrable, que no permitía ver más allá de la superficie. Sobre ese mar, el cielo estaba abigarrado, y pronto cayeron gruesas gotas de lluvia, que al chocar contra el agua, formaban minúsculos cráteres. César Burgos hizo caso omiso de la lluvia, sentado en la popa de su bote, con los ojos puestos en la espalda de su hijo. El cuello de la camisa de Beto asomaba de su súeter y se doblaba alrededor del escote de éste como un ancho pétalo rojo. El cuello del muchacho es como el de Concha, pensó César, y desvió la mirada hacia los edificios construidos al tresbolillo en la cuesta, cerca de la playa. En algunos de sus balcones, brillaban pequeñas luces rojas y verdes. La Navidad, pensó. La estación preferida de Concha, que se aproximaba nuevamente. César se agarró de los lados del bote, evocando Navidades pasadas; el aroma del pozole y de las empanadas, la piñata en forma de estrella que él colgó de una de las ramas del árbol del patio, y los fuegos artificiales que iluminaban el negro cielo de la noche de Manzanillo.

Al recordar, el dolor reprimido dentro del pecho de César se desbordó y comenzó llorar. Desde el accidente no se había permitido el lujo de llorar, puesto que un hombre debe ser fuerte. Mas ahora, el retrato de sus dos hijos desaparecidos y de sus deditos regordetes, el recuerdo de Concha, y la manera silenciosa y ávida que, en la noche, se hacía hacia él, le hizo perder el dominio de sí mismo. César gritó y oyó el sonido de su grito. A pesar de que sentía el calor de las lágrimas en su cara, le era imposible contener su desconsuelo.

César no pudo darse cuenta del tiempo que había transcurrido antes de que sintiera balancearse el bote. Abrió los ojos y observó que Beto se había dado vuelta, sus pies bien apartados para mantener el equilibrio. En sus ojos brillaba también su propia desesperación.

César se secó las lágrimas con el dorso de la mano. —Me parece que no puedo hacer nada bien hecho —dijo—. He tratado de ser una madre para tí a la vez que un padre, pero he fracasado. Siento temor por tí y siento temor por mí. Te me estás apartando. Primero fue tu voz, y ahora toda tu persona, y nada puedo hacer. Tu tía Bersa, en Oaxaca, ha ofrecido llevarte con ella. He pensado el asunto muchas veces, y ahora creo que sería lo mejor si te fueras a vivir con ellos. César guardó silencio, ya que el peso de su confesión era como si hubiese echado un ancla.

Beto abrió la boca como si hubiese querido hablar, pero no lo hizo. En su lugar, movió la cabeza. Fue un movimiento lento y triste que desgarró el pecho de César. César lo estrechó entre sus brazos y lo acunó contra su pecho. —M'ijo

—dijo por fin, balbuceando contra la cabeza del muchacho, y empleando las palabras "mi hijo" porque así era como su madre siempre lo llamaba.

Llovía a cántaros cuando padre e hijo llegaron a casa. Habían traído el bote remando, lo arrastraron hasta la playa, y lo colocaron boca abajo junto a otros botes asegurados en el arenoso patio de la cooperativa pesquera. Los dos estaban empapados cuando entraron en la casa. César encendió unas velas pues la mañana estaba obscura, y también encendió ambos mecheros para calentar un poco la pieza. El y Beto se cambiaron la ropa, y luego César hizo café. Para el muchacho hizo chocolate. Hirvió el agua y echó en ella una tableta del buen chocolate de Oaxaca, y batió la mezcla con el batidor de madera como acostrumbraba hacerlo Concha. César llenó las tazas y las trajo a la mesa mientras que el aguacero tamborileaba contra el techo.

Pasado un rato, César arrastró su red de pescar y la bolsa de lona con sus útiles de remendar. El tintineo de la lluvia era tranquilizador, un perfecto complemento para la tarea de remendar las redes. César escogió unas cuantas pesas de plomo y comenzó a coserlas a la orilla de la red azul turquesa, en los lugares donde éstas faltaban. Poco después Beto fue a su catre y sacó tres tarros de vidrio de debajo de éste. Llevó los tarros a la mesa y volcó su colección de conchas marinas sobre ésta. César se quedó estupefacto.

Beto fue al gavetero y sacó el modelo del bote de madera de balsa, y el tubo de cemento que el maestro le había dado después del funeral. Beto no había tocado el obsequio, pero ahora trajo la pega a la mesa, levantó el paño que cubría la capillita, y comenzó a pegar las conchas al exterior de la caja.

¡Concha! El mismo nombre de su mujer. César dejó a un lado su propio trabajo y se unió al niño. Éste no protestó.

Horas más tarde, después de terminar la tarea, los dos se pusieron de pie y se quedaron atónitos al contemplar como habían elevado una simple caja y una cruz, a la categoría de capillita. Ahora la capilla estaba adornada con conchas en forma de torrecitas y lapas lechosas. También había diminutas conchas en forma de astas de color castaño y violeta, conchas de higuera y conchas de taladro, de color avellana y crema. Sin embargo, a pesar de que, en conjunto, el efecto era espléndido, aún quedaban espacios entre las conchas que era necesario rellenar. —Necesita algo más —dijo César señalando los espacios vacíos.

Beto dio un brinco. De nuevo corrió a su catre y sacó otro tarro. Lo trajo a toda prisa y lo volcó sobre la mesa. Parecía como si el niño hubiese derramado joyas sobre ésta. Lo que en un tiempo habían sido cascos de botellas, el tiempo y el mar los habían pulido de tal manera que ahora eran piedras preciosas. Había pepitas de color ámbar, verde mar y rosado. Pepitas tan verdes como las alas de una cotorra salvaje. Pepitas tan diáfanas y deslumbrantes como diamantes. Hasta la muerte de su madre, el mayor placer del niño había sido pasearse cabizbajo por la playa en busca de tan maravillosas transformaciones.

Beto escogió una pepita verde y la colocó entre dos conchas marinas, mientras la mantenía en su lugar con la yema de los dedos. Levantó los ojos y miró a su padre esperando su aprobación.

—Es el toque supremo —dijo César Burgos, y durante algunas horas más, él y su hijo, escogieron las alhajas, colocando cada una en el lugar donde la capillita demostraba necesitarla. Al terminar su tarea, ambos se retiraron, como si a la distancia pudiesen ver con mayor claridad. La capillita, cubierta ahora con las pulidas alhajas de color, alegró un cuarto, que durante meses había sido frío y triste.

Eran cerca de las dos cuando salieron de nuevo. A pesar de haber aclarado, la luz del día aún era débil. César y Beto descendieron con sumo cuidado la fangosa cuesta que conducía a Manzanillo. Una vez allí, tomaron el autobús de Santiago. Iban a casa de Chayo Marroquín a comprar flores de papel, pues ésta hacía las mejores flores que se vendían en la playa. Las flores irían dentro de la capillita como toque final.

Cuando llegaron a casa de Chayo, ésta se encontraba frente a la estufa preparando el almuerzo. A causa del mal tiempo, Candelario también estaba en casa. Candelario se levantó de la mesa cuando César y Beto aparecieron en la puerta. —¡Hombre! —dijo a César—. En varias ocasiones los dos habían pescado juntos, y eran todo lo sociables que el tiempo que pasaban en el mar les permitía serlo. —Entren, entren —dijo Chayo, limpiándose las manos en el delantal y apresurándose a ir a ellos. Chayo era joven, quizás en sus veinte, y sin embargo tenía un aire tan maternal que la hacía aparecer mayor. El cuarto era acogedor y bien iluminado, y estaba impregnado del olor a café, así como de la dulce acritud de las cebollas y tomates que Chayo freía en una sartén. En pocas palabras, reinaba lo que bien podría llamarse el aroma del hogar, y César Burgos lo aspiró a pleno pulmón. Las paredes estaban pintadas de un azul fuerte. Una faja ancha y amarilla formaba un borde a lo largo del techo. De los maderos colgaban ramos de flores de papel a semejanza de cornucopias.

—Construimos una capillita para Concha y los pequeños —dijo César—, y vinimos a buscar flores.

Chayo aplaudió. —Una capillita en el camino. ¡Qué bueno! —dijo caminando con destreza entre el alegre desorden del cuarto, la imponente cama doble, los incómodos gaveteros, la mesa irregular y las sillas que no hacían juego. Colgada en una esquina, había una hamaca en la cual, a pesar del ruido, dormía un bebé. Chayo rodeó el cuello de Beto, quien había permanecido en la puerta, con su regordete brazo. —Puedes escoger entre todas mis flores, pero antes unos bocaditos para el estómago.

César protestó, pero Chayo se hizo la sorda y pronto

estaban todos sentados ante una mesa cubierta con un cúmulo de tortillas calientes, escudillas de arroz y frijoles, y una fuente de pimientos verdes salpicados con pedacitos de carne.

César se sorprendió de la avidez con que tanto él como su hijo comieron. Cuando terminaron, Chayo retiró los platos. —Y ahora las flores —dijo—, señalando hacia la habitación con la mano extendida. César Burgos se puso de pie y miró a su alrededor. Ante él había un jardín de flores. ¿cómo podría escoger las más apropiadas? —Beto, decide tú —dijo—. Me voy fuera. Salió precipitadamente, ya que de repente empezó a sentir claustrofobia. No sabía porqué, quizás la amplitud del cielo le era indispensable; quizás necesitaba aire, aunque una vez en el patio apenas podía percibir en el aire el bendito olor de la sal. Se encaminó hacia el arroyo y allí permaneció de pie. Candelario se acercó. —Así es que terminaste la capillita.

—Sí. La colocaremos en Nochebuena. Concha siempre celebraba mucho ese día.

Hubo un silencio, pues en el silencio había más respeto que en las palabras.

—¿Cómo vas a ir? —por fin preguntó Candelario.

—¿Qué?

—¿Cómo vas a llevar la capillita hasta allí?

César vaciló ante la pregunta. El lugar del accidente estaba a unos largos diez kilómetros de distancia. La capillita era poco manejable y pesada. Se sintió como un tonto. —¿El camión? Este pasa por allí. Dijo esas palabras, aunque no podía soportar la idea de verse en el autobús, el niño, la capillita y él.

Candelario apuntó a la casa del lado. —Santos es mi vecino, y tiene un taxi. El puede llevarte.

—Ay, hombre, tomar un taxi es muy caro—. César Burgos no estaba en condiciones de pagar un taxi. Sólo una vez en su vida lo había hecho . . . el día de su boda.

Candelario puso una mano sobre el brazo de César. —

No, hombre, Santos es un buen hombre. Es razonable. Yo haré los arreglos.

—Gracias, hombre. La verdad es que mi vida es una pura mierda.

César Burgos y su hijo estaban parados en lo que parecía ser el séptimo cielo: una ancha banquina que lindaba con la carretera de Oaxaca, una calzada de zigzags y curvas pronunciadas. A la orilla de la carretera, el terreno descendía, formando un barranco en el cual crecían delgados pinos y arbustos. Como para suavizar su austeridad, manojos de flores amarillas surgían aquí y allá por todo el barranco.

Era temprano y el cielo era de un azul tan brillante que más bien parecía el mar.

Minutos antes Santos los había dejado allí. El hombre había ayudado a sacar la capillita del maletero del taxi y ponerla al lado del bosquecillo de arbolitos. Cuando César metió la mano al bolsillo, Santos le dijo: —No, hombre. Permite que un hombre te haga un favor, y abrazó a César con un torpe abrazo antes de retirarse, como así habían convenido. César le estaba muy agradecido a Santos por su bondad. También se alegraba de estar a solas con su hijo.

Beto se apartó del barranco. Jamás había estado allí. Llevaba su chaqueta de tela obscura porque hacía un poco de frío y porque era la prenda más formal de su guardarropa. Sobre el hombro llevaba el bolsón dentro del cual acostumbraba llevar sus libros a la escuela.

—Es muy profundo —dijo César Burgos, pues dos veces había recorrido la profundidad y la anchura de la barranca; primero, a raíz del accidente, y luego el día que había venido a escoger el lugar donde pondría la capillita. Ahora dirigió la mirada más allá de la orilla de la carretera al lugar donde las autoridades convinieron en que el autobús se había salido de la curva. En su imaginación vio el autobús. Lo vio saltar dentro de un vacío que no soportaba pensar sus seres queridos hubieran tenido tiempo de arrostrar. —Debemos empezar, —dijo.

Alzaron la capillita, y la llevaron a la base donde debía descansar, que consistía en un sencillo pedestal de concreto situado entre otras firmes capillitas de cemento, cruces y algunas placas. Bajaron la capillita hasta colocarla encima del pedestal, acomodando el fondo cuidadosamente sobre las barras que la afianzarían.

—Se ve muy bien —dijo César cuando al fin quedó colocada la capillita. Detrás de la puerta de vidrio, la cara de su esposa lo contemplaba. En la fotografia lucía muy seria, con sus negros ojos fijos, como si en aquel entonces y de alguna manera comprendiese lo que iba a suceder. A cada lado de ella había una fotografía de un niño; Rodolfo, de tres años y Reynaldo de cuatro. Una guirnalda de flores de papel rodeaba las fotografías y los arcos de los pétalos, rosados, azules y violetas, suavizaban la seriedad de las tres caras.

Beto se quitó el bolsón del hombro y sacó de él un paquete con una tela doblada que César reconoció como el rebozo de Concha. Era negro, jaspeado con hilos rojos. Ella misma lo había tejido y usado por primera vez el día de su boda. Cuando los niños eran bebés, ella había arrebujado a cada uno en él, acunándolo contra su corazón.

Beto llevó el rebozo a la capillita como si fuera una ofrenda. En actitud solemne lo colgó de uno de los lados de la capillita, arriba y alrededor de la cruz y luego al otro lado.

César quedó perplejo con lo que su hijo había hecho, pero antes de que pudiese interpelarle, Beto se arrodilló ante el retrato de su madre y empezó a hablar. Su voz era suave y pausada. —Mamá —dijo— te traje tu rebozo porque no merezco tenerlo. Debí haberme ido contigo, mamá. Tú querías que fuera contigo a Oaxaca para ayudarte con los pequeños, pero me negué porque al maestro no le gusta cuando no voy a la escuela. Si hubiera ido, hubiera salvado a mis hermanos, mamá. Me tocaba a mí hacerlo, pero yo no estaba allí y Naldo y Rody murieron. Fue mi culpa, mamá.

Yo tuve la culpa. Beto, el pequeño penitente, bajó la cabeza.

César se quedó atónito con lo que acababa de escuchar. Se dejó caer al lado de su hijo. —No, hijo, no —dijo César—. No tuviste la culpa.

—Pero me quedé en la casa. Sí, fue mi culpa, papá. Si yo hubiera ido, los hubiera salvado.

—No, hijo, nadie los pudo haber salvado. Todos murieron en el choque. Todos, hijo, todos.

Como si reflexionara sobre lo que César acababa de decir, Beto permaneció en silencio por un instante, pero de nuevo volvió a hablar. —Entonces debí haber ido con ellos. Si hubiera ido, también yo estaría muerto. Habló de manera vacilante, como si sólo dispusiera de cierto número de palabras que pronto se agotarían. Papá, si yo estuviera muerto, no sería una molestia para tí.

César Burgos atrajo a Beto hacia sí y luego se retiró lo suficiente para mirarlo a los ojos. —Tú no eres una molestia. Tú eres mi hijo. Tú eres lo único que tengo en el mundo y nunca quiero perderte.

Beto ocultó su cara contra el pecho de su padre.

—Ven —dijo César pasado un momento—. Se puso de pie y se sacudió la grava que se había adherido a las rodillas de sus pantalones. Fue a la capillita, tomó el rebozo, cuidando de que no se enganchase en las conchas. Dobló la tela que tenía la misma suavidad de la piel de su mujer. —Es tuyo. Tu madre desearía que fueras tú el que ahora lo tuviera —dijo— y entregó el rebozo a su hijo.

Beto asintió con la cabeza débilmente. Volvió a colocar el rebozo dentro de su bolsón, y se paró al lado de su padre.

—Concha estaría orgullosa —dijo César Burgos—. Pensó en el mar y en su bote, y se imaginó como su hijo iba a serle de ayuda en el futuro. Con un brazo, César Burgos rodeó los hombros del muchacho, y se dirigieron hacia el lugar de la carretera donde el autobús siempre acostumbraba a detenerse.

CAPÍTULO NUEVE

Remedios Elementales

AGUA

AL PONERSE EL sol, Remedios sale de su choza y se dirige a toda prisa por el sinuoso camino que desemboca en el mar. Una vez allí se sienta sobre sus talones, con sus pies bien separados y firmes. Toda su vida ha sido así: ella, una piedra, muy cerca del agua azul.

El corazón de Remedios rebosa de historias. Día tras día, la gente sube la cuesta para llegar hasta ella. Son pocos los que despide. Remedios conoce los sueños de las personas, sus secretos. Conoce sus compromisos, sus sufrimientos.

En su choza, Remedios eschucha historias y sus narradores reviven.

Remedios cree a ciencia cierta que son las historias las que nos salvan.

Se levanta una fuerte brisa, y el brillo del sol sobre el agua se desvanece paulatinamente. La espuma del mar, que ondula hacia la playa, rehuye con suavidad. Resistir y aflojar. Es uno de los deberes del mar. El deber de Remedios es venir aquí para su propia renovación. Hoy tiene el corazón oprimido. Los relatos de las personas dejan sus huellas.

Remedios fija su mirada y ve el destello de la puesta del sol. Ve en ella el reflejo irisado del ala de un ave. Urraca, su compañera, viene volando hacia ella.

Reanimada por el aire salobre, su espíritu y el ave se remontan por el cielo azul. Las gaviotas chillan su bienvenida. Las olas revientan su saludo sobre los rocosos promontorios. El sol que desaparece deja una estela carmesí sobre el agua. Urra, Urra, grita urraca antes de regresar a la playa.

La Abuela Luna se asoma vacilante y pálida; a su derredor las acarameladas estrellas. Remedios alarga la mano para tocar el espumoso mar que ondula hacia ella. Toca su lengua con un dedo y aflora su propia historia. El mar escucha y recuerda. Es así como el mar retiene.

CAPÍTULO DIEZ

Justo Flores

EL PAJARERO

DON JUSTO FLORES cruzó el patio de su mesón cuando el sol empezó a brillar, y a apretar el calor. Yoyo, su pastor alemán, caminaba a su lado. Los dos habían estado en el comedor de Lupe Bustos, y el café estimulante de Lupe no sólo había calentado los huesos del viejo, sino que lo había hecho pensar en lo positivo de la vida, y no en lo negativo, como en los días cuando su desayuno era pulque o tequila en vez de frijoles con tortillas y café. Don Justo abrió la puerta de su cuarto y se dirigió a toda prisa, a la jaula suspendida en la percha en una esquina del cuarto. Yoyo, con sus trece años y siempre el compañero fiel, se echó cerca de la puerta, mientras que don Justo, con gran alarde, levantó el paño de la jaula, y descubrió los pájaros. Tenía tres canarios: un par albaricoque llamados Romeo y Julieta, y entre todos, su orgullo, una hembra amarilla, con cresta color café llamada Rita.

Don Justo abrió la puerta de la jaula y los pajaritos sacudieron sus plumas, y se bajaron de la percha. —Vengan, preciosas —arrulló él—, y los pajaritos hicieron fila ante la puerta abierta, como se les había enseñado, con Rita, la favorita, a la cabeza de la fila. Los canarios movían sus cabecitas de un lado para otro y miraban a don Justo con ojitos tan negros y brillantes como semillas de papaya. Después de Yoyo, los pajaritos eran sus preferidos. Los cuatro constituian su familia, y para él era un consuelo compartir su vida con animalitos tan dulces y aplicados. Los miembros de su verdadera familia vivían en Guadalajara. Los había dejado años atrás, cuando ya no podía soportar sus discusiones y chismorreos.

—Rita bonita —dijo don Justo, dándose una palmadita en el hombro—. Rita revoloteó y se posó cerca de su barbilla. Dame un beso. Frunció los labios y Rita los picoteó con delicadeza, moviendo su cabecita y sacudiendo el penacho que la coronaba. Don Justo ofreció su dedo y Rita saltó y se posó en él. El extendió su brazo y ella voló a trompicones, puesto que sus alas habían sido cortadas para evitar que volara muy alto. Don Justo dedicó su atención a los demás pajaritos, que no tardaron en salir como flechas y volar por la habitación. Yoyo contemplaba las payasadas de los pajaritos. Ladraba e intentaba morder el aire cuando éstos volaban cerca. No obstante, ellos conocían al perro y sus ladridos no los asustaban.

Además de su compañía, los canarios eran la única fuente de ingresos de don Justo. Era un pajarero, y cada día a eso de las diez, él, Yoyo y los pajaritos se dirigían a la playa, donde don Justo colocaba el castillo de cartón dentro del cual actuaban los pajaritos. La gente pagaba por verlos hacer sus trucos. Pagaban también por los papelitos impresos con la suerte o la fortuna, que Rita seleccionaba con su piquito.

Don Justo limpió la jaula y puso agua fresca para los pajaritos. Llenó sus platitos de semillas y dio dos palmadas. Los pajaritos volaron, entraron en la jaula, y con saltitos se dispusieron a desayunar.

Don Justo estaba cerrando la jaula cuando alguien tocó a la puerta. Abrió ésta y se encontró con un hombre de baja estatura y fino bigote. El hombre llevaba uniforme y una gorra con una insignia de metal en la copa. Don Justo dio un paso atrás acogiéndose a la seguridad que le ofrecía su habitación.

—¿Don Justo Flores? —preguntó el hombre, mientras no perdía de vista a Yoyo que olfateaba cerca de sus zapatos.

—¿Sí? —Don Justo echó una mirada al patio como si

alguien que allí estuviese pudiera explicarle el porqué del hombre.

—Telegrama—. El hombre le extendió un sobre a don Justo, quien lo tomó y metió la mano en su bolsillo buscando cambio. El hombre le arrancó los pesos de la mano y se retiró rápidamente.

Don Justo cerró la puerta y se apoyó contra ella. Yoyo estaba a sus pies, observándolo como si esperase una respuesta. Don Justo contempló el sobre amarillo crema, con una estrecha ventanilla de celofán bajo el cual se veía el telegrama. Sostuvo el sobre contra su pecho, pues en sus setenta años de edad, nunca había recibido un telegrama dirigido a él. El ver uno ahora, el sentirlo contra su camisa, le causaba pavor.

Fue hacia la cama y se sentó en la orilla. El recuerdo de su madre le vino a la memoria. Estaba sentada en una cama, en algún lugar que ahora no podía recordar. Tenía en sus manos un telegrama. Don Justo trató de recordar el contenido del telegrama, pero le fue imposible. Lo único que recordaba era que él tenía en aquel entonces seis o quizás siete años, y que el telegrama fue el indicio del debacle que le había arrebatado a su mamá.

Don Justo salió de la habitación para ver si Luz Gamboa, su vecina, aún estaba en casa. Normalmente, a esa hora Luz ya estaba en su trabajo, mas si estuviese en casa, Luz le podría leer el telegrama. Tito, el marido de Luz, se había ido de casa definitivamente, y Luz le compraba a don Justo papelitos de la suerte, leyéndolos en el momento, en voz baja.

Don Justo cruzó el patio, mas como había supuesto, Luz no estaba en casa. Se sentó en un banquillo al lado de la puerta. Yoyo, que lo había seguido, lanzó un gemido y se acostó a sus pies. Don Justo rozó la pata del perro con la punta de su zapato. Había doblado el telegrama, y lo había metido en el bolsillo de su pantalón. El sobre crujía cuando movía la pierna. El sonido era un reproche que decía: Viejo, ¿qué has hecho con tu vida? Ahora que estás en apuros eres tan ignorante que ni puedes leer.

En un tiempo tuvo una familia. En el transcurso de los años había tenido dos esposas y nueve hijos. De los cinco niños que habían sobrevivido, sólo tenía noticias de dos: Justina, su primera, que nació con un pie deforme, y Ernestina, su quinta. Ambas vivían en Guadalajara, a un día de distancia en autobús. Había hecho el viaje hacía tres meses, para comprar nuevos papelitos de la suerte, y para ver a Ernestina. Se había sentado a su mesa para compartir una taza de café, y le había informado sobre su traslado a Santiago y el negocio de los pajaritos. Había preguntado, si después de haber transcurrido tanto tiempo, Justina lo querría ver. —Soy un viejo —había dicho—. Los años pasan. Las cosas cambian. Quizás tu hermana ahora se apiade de mí. No obstante, por única respuesta Ernestina había bajado los ojos y contemplado su taza.

En el día de hoy, don Justo recorrió con la mirada las puertas de los cuartos que circundaban el patio. Unos cuantos niños jugueteaban cerca de la letrina. En el grifo del agua, dos mujeres llenaban dos coloridos cubos de plástico. Don Justo conocía las mujeres sólo de vista, así que ni pensar pedirles ayuda. Pensó en Marta Rodríguez, su vecina, pero Marta trabajaba en el hotel, y tampoco ella estaría en casa. Además, aún si estuviera en casa, Marta vivía con su hijo y una tía, la tía Fina. La vieja era entremetida y habladora, y lo menos que deseaba don Justo era que la tía Fina se enterase de su vida privada. No. Tendría que esperar que llegase Luz para saber lo que el destino le deparaba. Se levantó, y volvió a tocar el perro con el pie. —Vamos, Yoyo. Ya es hora. Era la hora de salir para la playa.

Estaba casi fuera del mesón, cuando salió la tía. —Buenas, don Justo —dijo—. Richard, el hijo de Marta, de un año de edad, estaba a horcajadas sobre su cadera. El nombre del niño se pronunciaba "ri-char", como Richard Burton, dos veces esposo de Elizabeth Taylor, la artista de cine favorita de Marta. Todo eso lo sabía don Justo por mediación de la propia tía. Richard era un muchacho grande, con ojos ardientes y pelo negro y rizado. Era un niño tímido que no se alejaba mucho del lado de su madre o de la tía Fina.

—Buenas, doña Fina —dijo don Justo, con una sonrisa agradable. Yoyo fue donde la vieja y le olfateó las piernas. Richard se echó atrás al ver el perro y recostó la cabeza sobre el hombro de su tía abuela.

—Yoyo no te hará daño —dijo don Justo mientras se acercaba—. Es un perro viejo, tan viejo como yo.

—Richard es un miedoso —dijo la tía—. A todo le tiene miedo.

Sí, pensó don Justo. También el temía enterarse de las noticias que guardaba en su bolsillo. —Son casi las diez. Tengo que irme a trabajar—. Se expresó así porque deseaba emprender camino. Hoy, más que nunca, necesitaba su trabajo para que lo distrajese de su temor.

—Quizás su Rita podría escogerme un papelito de la suerte —dijo la tía—. Después de lo que sucedió el otro día, Marta apenas me habla. Es possible que uno de sus papelitos me diga lo que debo hacer.

—Quizás —dijo don Justo tratando de evitar que lo envolviese en una de sus incoherentes pláticas. No deseaba hablar sobre lo que había sucedido días atrás. El se encontraba en su habitación con la puerta abierta disfrutando de la brisa, cuando Chayo, la hermana de Marta, irrumpió en el mesón. Tonito, el hijo de Chayo, estaba con ella. Marta estaba sola en la casa, pues acababa de llegar del trabajo, aunque muy pronto la tía entró con Richard precipitadamente. Don Justo no había tenido necesidad de salir de su cuarto para darse cuenta de lo que sucedía. Al parecer tía Fina le había confesado a Chayo —era su obligación moral hacerlo, había dicho— que antes de nacer Tonito, Marta había ido donde el brujo y éste le había echado una maldición al niño. Chayo vociferaba y echaba pestes respecto a la nueva de esa traición. En el entretanto, Marta suplicaba que la perdonara, explicándole que ella había ido donde Remedios para que ésta revocara el maleficio. Como prueba de que la hechicería de la curandera había surtido efecto —dijo Marta—, ¿no era Tonito un niño sano y fuerte? Sin embargo, el hecho de que sí lo era, no calmó la ira de Chayo. —De hoy en adelante, no tengo una hermana —había declarado Chayo.

Durante la insultante crítica, don Justo permaneció en su habitación. No obstante, todos los vecinos se habían congregado en el patio y escuchaban en silencio. En la habitación del lado, el drama seguía su curso: los niños gemían y la tía explicaba, Marta suplicaba y Chayo desvariaba. Toda la bulla era muy molesta para don Justo. Las palabras airadas y las acusaciones, le infundían pavor. Durante toda su vida le había vuelto la espalda al dolor y al careo. Ahora quien sabe que dolor le esperaba en su bolsillo y no era posible eludirlo.

—Es tarde —dijo don Justo—. Debo irme—. Se las arregló para agitar la mano alegremente, y entró sin más ni más en su habitación. Una vez allí, recogió la plataforma plegable y el castillo donde actuaban los pajaritos. Llenó un bulto con la botella de agua y un paquete de semillas, la caja con los papelitos de la suerte y los distintos accesorios que utilizaban los pajaritos para sus trucos. Cambió éstos de su jaula colgante a una más pequeña que utilizaba para llevarlos de un lugar a otro. Rita y Julieta gorjeaban ante la perspectiva de la excursión, mientras que Romeo comenzó a gorjear una clara y dulce canción.

Una vez en la playa, Justo descubrió una palapa y Yoyo y él se refugiaron debajo de ella. Hasta el momento, era el único vendedor en el lugar, y se alegró de la ventaja. Pocas personas se asoleaban, a pesar de que el verde mar estaba en calma. Las olas se desplazaban suavemente en dirección a los que tomaban el sol, para alejarse de nuevo. Era un día caluroso, el sol se reflejaba intensamente en los edificios a la largo de la costa. Don Justo abrió la plataforma plegable y aseguró las patas de ésta en la arena hasta nivelarla. Abrió el castillo, también plegable, y lo colocó sobre la plataforma. El castillo tenía dos torres color salmón con una base amarilla, y entre las torres, una cortina salpicada de diminutas estrellas. Don Justo sacó la caja que contenía los papelitos de la suerte. Apartó los pajaritos de su jaula y colocó a cada uno en el tablado detrás de la cortina. Le preocupaba tener que ocuparse de esa tarea, cuando algo más urgente merecía su atención. El telegrama era un a espina en su bolsillo. El no saber su contenido le había agriado el estómago. Se le ocurrió que un trago de tequila le vendría bien. A ese pensamiento le siguió otro. No había tomado un trago hacía unos diez años. Diez años sin pulque ni tequila. Ni aún una cervecita. Había cumplido su penitencia, ¿no es así? Diez años para pagar aquello tan terrible que había hecho. Un rayo de esperanza mantenía entreabierta la puerta de la desesperación que se perfilaba ante él. Se permitió pensar que quizás había sido la propia Justina la que había enviado el telegrama. En su mente, redactó un mensaje de ella: —Papá, ven —diría el telegrama—. Todo está perdonado.

Una jovencita, de unos dieciseis años, se acercó. Su pelo era muy negro, de hecho casi azul, y lo llevaba recogido a ambos lados. Le recordaba a Justina. No su cara, sino el pelo. El pelo de Justina tenía el mismo tinte azuloso.

—Buenas, señor —dijo la muchacha.

Don Justo inclinó la cabeza. —Señorita, ¿desea usted saber su suerte?

—¿Cuánto? —dijo ella—. En su cuello lucía un collar de diminutos pajaritos de ónix, y cuando preguntó el precio, puso un dedo sobre uno de los pajaritos como si temiera fuera a volar.

—Es muy económico. Un papelito de suerte, mil pesos.

La joven frunció el ceño y miró hacia un muchacho que estaba acostado bocabajo en la playa. Había estirado un brazo, con la palma de la mano hacia arriba en forma de concha. —Chato —gritó la joven—, mas el muchacho no se movió. La joven puso los ojos en blanco y gritó de nuevo. El muchacho se levantó, se puso unos anteojos de sol, y se acercó lentamente.

Para estimular la venta, don Justo abrió la cortina y mostró los pajaritos alineados entre las torres. Los pajaritos estaban alerta puesto que empezaban a trabajar y sabían que luego vendría la semilla. —¿Desean saber su suerte? —preguntó don Justo a los dos jóvenes.

—¿Cuánto? —preguntó el chico, la mitad de su cara iluminada por el resplandor platinado de sus anteojos. No tenía mucha más edad que la de la joven y su cinturita era delgada como la de ella. Se sacudió la arena del pecho y echó una estrecha cadera hacia adelante. En cuanto a don Justo, era como si el pasado se hubiese esfumado y se viese a sí mismo cuando joven.

Don Justo repitió el precio y el muchacho metió la mano dentro del bolsillo de su bañador y sacó algunos billetes. Contó mil pesos y se los entregó a don Justo. La joven bailó unos cuantos pasos.

Don Justo señaló a Rita y ésta empezó a trabajar. —Rita bonita —dijo—. Rita asintió con su cabecita y al hacerlo oscilaba su cresta. —Romeo y Julieta —añadió— y los pajaritos rozaron sus piquitos en un beso. —¡Ay!, ¡qué lindo! —dijo la joven.

Don Justo colocó a Romeo y Julieta en cada una de las perchas que había construído dentro de las torres. Los pajaritos sacaron sus cabecitas por las ventanas de éstas, se miraron y Romeo gorjeó. Don Justo juntó sus manos y puso los ojos en blanco. —Ah, el amor —declaró.

La joven se llevó la mano a la boca y rió con una risita tonta. No miró al muchacho.

Don Justo colocó la caja con los papelitos de la suerte en el centro de la plataforma. Silbó tres veces, y Rita se levantó y revoloteó sobre los papelitos antes de tomar uno. Don Justo aplaudió y Rita volvió a revolotear y se detuvo en el borde de la percha. En su piquito llevaba un pequeño cuadrado azul.

—Su fortuna, señorita —dijo don Justo a la vez que apuntaba hacia el pajarito con la mano.

La joven se acercó con timidez. Con gran cuidado haló el papelito azul del piquito de Rita, lo abrió y dijo: —¡Mira Chato! Es mi horóscopo planetario. Se volvió hacia el muchacho y juntos empezaron a leer.

El verlos así, silenciosos, con sus cabezas bajas estudiando el contenido del papel, fue el resorte que abrió la reserva de don Justo. Sacó el telegrama de su bolsillo y se acercó al muchacho. —Por favor, léame esto —dijo don Justo tendiéndole el sobre.

El muchacho levantó sus anteojos de sol y se los colocó en la cabeza; echó una pierna hacia atrás y disminuyó así el ángulo de su cadera. Tomó el sobre, lo abrió y sacó el telegrama. La joven cerró su mano sobre el cuadrito azul de su suerte. Don Justo se dio vuelta para contemplar el mar. Un bote con una vela a cuadros rojos se deslizaba por el horizonte.

—Las noticias son malas —dijo el muchacho.

—¿Qué dice?

Hubo una pausa, y luego habló el muchacho. —Dice: Papá, ven inmediatamente. Justina nos ha dejado. Está firmado Ernestina.

En lontananza, el velero se empequeñecía. Parte de las conversaciones de las personas que estaban cerca del agua, llegaban hasta él. Don Justo asintió con la cabeza, tomó el telegrama que le tendió el muchacho y volvió a metérselo en el bolsillo.

—Lo siento, señor —dijo el muchacho—. Ahora había cierta suavidad en sus ojos, y no bajó sus anteojos para cubrirla. Por un instante, los tres permanecieron en silencio bajo la palapa; luego, el muchacho tomó la mano de la joven y se alejaron.

Don Justo regó semilla en el fondo de la jaula y puso dentro a los pajaritos. En la cercanía, Yoyo jadeaba. Don Justo sacó la botella del bolso y echó agua en la palma de la mano para que el perro tomase. —Vamos —dijo—. Recogió sus bártulos y se encaminó al pueblo. Pensó que un poco de tequila no vendría mal.

En el patio, una radio a todo volumen transmitía un programa musical. La música se colaba bajo la puerta e invadía la habitación. Don Justo estaba sentado en medio de la cama con la espalda contra la pared. El cuarto se obscurecía lentamente y las paredes parecían estremecerse al ritmo de la música. A pesar de que su estómago ardía con el tequila, él permanecía helado. Para cobijarse, agarró la áspera frazada que estaba amontonada a su lado. En la penumbra, percibió a Yoyo en una esquina.

Don Justo llamó al perro por su nombre, y después de unos segundos éste se levantó con gran esfuerzo y vino hacia él. Yoyo recostó la cabeza en el colchón, y observó a don Justo con mirada melancólica. Rita voló y se posó cerca. Don Justo le ofreció su dedo, ella saltó a el y don Justo la atrajo hacia sí.

La mirada de Rita le hizo recordar el pasado. Sus ojitos brillaban acusándolo. En su mirada fija, vio a Rosario, su primera esposa, con su cadavérico rostro enmarcado en el vidrio de su ataúd. Vio a la pequeña Justina, muda de dolor, cojeando detrás del cortejo fúnebre. Vio a Clemencia, su segunda esposa, negándole a Justina un lugar en su casa, y la mirada angustiosa de Justina cuando supo que él lo permitía.

Don Justo sintió el dolor de su pasado y no podía permitirlo. No, sencillamente no podía permitirlo.

Horas más tarde don Justo despertó. Un dolor tenue y delicado corría por sus sienes. Se sentó en la cama y se echó una mirada. Aún tenía puestos sus pantalones y su camisa, ahora muy arrugados. Estaba acostado en la cama, y no se había quitado los zapatos. No podía precisar la hora. Una luz débil entraba por la ventana; sabía que estaba en casa, aunque no podía recordar como llegó a ella. Había estado en la cantina. Ahora lo recordaba. Recordó el tequila quemándole la garganta. Trató de tragar, pero su boca estaba muy seca y deseaba con ansia un trago de agua. Con gran esfuerzo estiró sus piernas hasta el borde de la cama. Levantó una mano, y vio como ésta temblaba. En verdad que había hecho mal. Diez años sin tomar una gota, y ahora había echado todo a perder.

Yoyo salió de debajo de la cama y se arrastró hasta la puerta. Don Justo miró a su derredor. En la esquina, la jaula de los pajaritos estaba descubierta y su puerta de tela metálica abierta de par en par. Don Justo arrastró los pies hasta la jaula. Romeo y Julieta estaban acurrucados en la percha.

—¿Dónde está Rita? —dijo don Justo, a la vez que ráfagas de recuerdo abrumaban su mente. Un telegrama. Había recibido un telegrama. Metió la mano al bolsillo y lo sacó. Justina, pensó, y dio tumbos para llegar a la silla. Eso también recordaba. Justina había muerto y jamás tendría la oportunidad de disculparse con ella.

Yoyo aulló en la puerta. Miró primero a don Justo y de nuevo a la puerta.

En su pecho, don Justo sintió un gran vacío. Algo había en la cama, y ésta le hacía señas para que se acercase. Tiró de la frazada y vio el cuerpecito rígido de Rita.

Don Justo se llevó una mano a la boca, pues creyó iba a vomitar. Cayó sobre la cama y tragó la acidez que surgía en su garganta.

Al rato se sentó; Yoyo se acercó y lo acarició con la cabeza.

—Nos iremos a Guadalajara —le dijo al perro—. Recogió el pajarito, lo abrazó contra su pecho y susurró: —Rita bonita—, sin eludir la angustia que lo envolvía al pronunciar su nombre.

CAPÍTULO ONCE

Esperanza Clemente

LA PARTERA

—HIJUE PUTA —GRITÓ la mujer. Estaba recostaba, a medio sentar, en la mesa de parto, con las piernas bien abiertas. Entre éstas, aparecía la cabecita de su bebé, húmeda y obscura, y asombrosamente maravillosa.

—Olvídate de eso y puja —le ordenó Esperanza Clemente quien estaba de pie ante la mesa, lista para recibir al niño. Amanecía y ella y la paciente estaban en la sección de la casa de Esperanza destinada a la clínica. Había sido partera y enfermera por espacio de unos doce años, y en cada nacimiento, este era el momento que más la afectaba.

—El hombre es un hijo de puta —volvió a decir la mujer, con el rostro contraído bajo la desnudez del bombillo que las alumbraba.

—Puja fuerte. Un pujido grande ahora. Esperanza tomó la cabecita que se asomaba, dándole vuelta suavemente de un lado para otro, hasta que apareció el perfil del niño. —Falta poco —dijo—, y la mujer lanzó un grito mientras Esperanza manipulaba la cabecita del bebé hasta que aparecieron los hombros. Poco después Esperanza dijo: —¡Mira! otro varón—. La mujer tenía otros cuatro en casa. Esperanza alzó este nuevo y resbaloso vástago como si fuera diferente de los otros. La mujer se dejó caer hacia atrás contra la mesa. Su relajado rostro brillaba de sudor.

Esperanza colocó al niño sobre el vientre de su madre. Le dio una palmadita al muslo de la mujer y le dijo: —Ahora descansa. Hiciste un buen trabajo. Siempre se expresaba así después de cada parto, e invariablemente se maravillaba y sorprendía del papel que a ella le tocaba desempeñar. Tenía treinta y cinco años. Estaba sola en el mundo y no había tenido hijos, lo que no era de sorprender en una mujer deshonrada como ella.

Esperanza limpió las vías respiratorias del bebé. Comprobó su color y pasó la mano por los nudillos de la espina dorsal, hasta que el niño hizo esfuerzos por respirar y al fin lanzó un berrido. —Escúchenlo.

La mujer se apoyó sobre un codo y con una mano acarició la cabecita de su hijo. —Grita como su papá —dijo, y se permitió una sonrisa.

—Hace unos instantes no te expresabas de manera tan elogiosa.

—El hombre es un fastidio, de eso no cabe duda—. De nuevo se dejó caer sobre las almohadas.

Esperanza había oído las mismas palabras otras veces. —Todos tenemos nuestros sinsabores. Cortó el cordón umbilical, lo engrapó, y luego aseó al bebé, que tenía un mechón de pelo obscuro en posición vertical en medio de su cabecita, como si lo hubiesen asustado. Lo envolvió en una frazadita y lo colocó en el recodo del brazo de su madre. La mujer ofreció su pecho al bebé, mas éste ladeó la cabeza. Ella entonces, le colocó el pezón en su boquita. Pronto empezó a mamar, con el ceño bastante fruncido. Mientras el bebé mamaba, Esperanza sobaba el vientre de la mujer para que expulsara la placenta. Al salir ésta, la colocó en un bote para que más tarde la mujer la enterrase donde quisiese. Esperanza empapó un paño en una infusión de cola de caballo y corteza de roble, que Remedios, la curandera, había preparado para ella. Con una esponja aseó a la mujer, y le proporcionó una servilleta sanitaria. —Necesitas dormir—, le indicó Esperanza señalando el catre recién hecho que estaba contra la pared.

—Tengo que irme. Dejé a los niños con él. Ya casi ha

amanecido. (Esto, sólo dos horas después de haber tocado a la puerta de Esperanza.)

—El hombre ha de estar bien y los niños también.

La mujer puso su carrillo sobre la cabecita de su nuevo hijo. Este había dejado de mamar y se había dormido. —Tanto tú como él necesitan descansar—. Esperanza levantó al niño y lo puso en la cuna que había en el cuarto. La mujer se bajó de la mesa y con paso vacilante trató de alcanzar su ropa para ponérsela. —Quizás tenga razón —dijo—. Me voy a recostar por un minuto o dos.

Esperanza le ayudó a llegar al catre. La cubrió con una sábana, apagó la luz y salió del cuarto. En la cocina, Marta Rodríguez hacía café. Desde la muerte de su tía, Marta trabajaba en casa de Esperanza. La partera se alegraba de tener en su casa a ella y a su hijo. Marta era una trabajadora rápida y eficiente. Es más, con el tiempo, se había convertido en una amiga.

—Te has levantado temprano —dijo Esperanza—. El reloj de pared sobre el fregadero marcaba las cinco y diez. Miró por la ventana la larga y delgada silueta del árbol de papaya que había en el patio. Por encima de la pared del patio, aparecía un cielo con pinceladas de colores.

—¿Quién puede dormir con toda esa gritería—? Marta sirvió dos tazas de café, una para ella y la otra para Esperanza. —Hasta Richard se despertó, pero logré que volviera a dormirse. El niño tenía ahora dos años y Esperanza estaba satisfecha de poder proporcionarle a Marta la oportunidad de atender a su hijo.

Esperanza tomó el café que Marta le ofrecía. —Si mal no recuerdo, tu chillaste bastante cuando Richard nació.

—Y, ¿quién me puede culpar? Yo también era una niña. La mujer que está allá dentro es una vieja. —Marta sopló dentro de la taza, y luego tomó un sorbo—. ¿Qué tuvo?

—Otro varón. Con ese son cinco. —Esperanza pensó que la mujer que acaba de dar a luz era más joven que ella y, no obstante, Marta la creía una vieja.

Marta entornó los ojos como si el sólo pensar en tantos niños fuera en sí un gran esfuerzo. Miró los pies de Esperanza y dijo: —Ponte los zapatos. Te vas a resfriar.

Esperanza rió y movió los dedos de los pies. A la muchacha le encantaba dar órdenes. —Suenas como mi madre.

Marta desvió la mirada, con dos de sus dedos enganchados en el escote de su traje. —En estos días he estado pensando mucho en mi mamá —dijo.

—Lo sé—. La muchacha y ella tenían mucho en común. Ambas habían perdido a sus madres. Ambas habían sido víctimas . . . violadas a temprana edad, en actos brutales y vergonzosos.

Se oyó un golpe sordo más allá de la cocina, seguido por golpes más fuertes.

Marta volvió a entornar sus ojos. —Es la puerta. Se ve que vas a estar hoy muy ocupada. Salió y regresó en seguida. —Es el maestro. Se trata de su madre. Es su reumatismo nuevamente.

—¿Todavía está en la puerta?

—No. Se fue. Quiere que vayas a su casa.

Esperanza respiró profundo. Había estado tratando a doña Lina por espacio de dos años. Por no decir más, la mujer era muy difícil.

—Voy por mis zapatos. Mientras estoy fuera, estate pendiente de la mujer y del niño. Esperanza salió al pasillo y echó una mirada a sus pacientes antes de entrar en su habitación. Ante el tocador, se pasó un piene por el cabello y trató de no mirar muy de cerca al rostro que la observaba fijamente en el espejo. Estaba cansada y lo demostraba. Sin embargo, recobró el ánimo, se cambió de traje y se puso sus zapatos. Agarró su botiquín y salió de la casa a toda prisa.

Al llegar a casa de doña Lina, Rafael abrió la puerta. A pesar de no ser un hombre alto, la configuración de sus hombros lo hacía aparecer más alto de lo que realmente era. —Hemos pasado muy mala noche —dijo—. Sus pantalones y su camisa indicaban que había dormido con ellos puestos. Cerró la puerta y la condujo a la habitación de su madre. Esperanza entró sola.

El cuarto estaba en la penumbra. En una esquina, y debajo de un cuadro enmarcado de la Virgen de Guadalupe, había un pequeño altar iluminado por la luz de una vela. También había sobre éste floreros con flores de papel y viejas imágenes de santos. La habitación despedía un olor empalagoso de velas encendidas, y denotaba una noche de desvelo.

Doña Lina lanzó un gruñido al entrar Esperanza. —Ay, hija —dijo— me estoy muriendo. Su corpulencia yacía sobre un sofá, debajo de la ventana que daba a la galería. La cubría una manta por la que sólo asomaba su camisa de dormir.

—No, no. No se está muriendo—. Esperanza se acercó a doña Lina y observó el frasco de aspirinas al lado del sofá. También había sobre la mesa un vaso y un jarro con agua. —Veo que está tomando su aspirina.

—La aspirina no me ayuda —dijo doña Lina, con voz quejumbrosa—. Me duelen las rodillas, los hombros y las manos, —y levantó éstas con gesto torpe—. Las manos son las que más me duelen.

—¿Cuando tomó la aspirina por última vez?

—Anoche, en algún momento. Rafael me la dio—. Recostó la cabeza contra el respaldar del sofá. Ese hijo mío quiere deshacerse de mí.

—¿Por qué dice eso? En el transcurso del año, Esperanza ya había oído esas palabras de doña Lina . . . que Rafael era egocéntrico y poco atento, que había cambiado de un hijo bueno a una persona con quien no se podía contar.

Doña Lina se levantó un poco. —Es la pura verdad. Rafael hizo los arreglos para que yo fuera a Veracruz. Mi hijo Tomás y su familia viven allí. Tomás tiene una casa grande y cómoda y tiene además una cocinera, y una niñera para cuidar los niños.

—¡Qué bueno! —Esperanza puso cuatro aspirinas en la palma de su mano y echó agua de la jarra en un vaso.

—Se supone que salga dentro de diez días y permanezca allá durante un mes. Sin embargo, soy una mujer enferma. Creo que no debo ir. Hizo pucheros. Rafael sólo quiere deshacerse de mí.

La idea de Rafael solo, sin su madre que lo halase de un lado para otro, ponía nerviosa a Esperanza.

—Tome éstas —dijo— y le ofreció las tabletas a la señora. Traeré compresas calientes para sus manos y luego . . . a dormir.

Doña Lina carraspeó como si fuera un reproche. Tomó las tabletas de mala gana, y luego permitió que Esperanza la condujese del sofá a la cama.

Rafael estaba en la galería cuando Esperanza salió del cuarto. —¿Cómo está? —preguntó.

—Tu madre se recuperará. Le di aspirina. —Esperanza se dirigió hacia la cocina situada al final de la galería. Necesita algunas compresas. Le gritó esto por encima del hombro, esquivando la atracción de los ojos de Rafael, de su ralo pelo, y de la pequeña calvicie, como una tonsura, que se iniciaba en la coronilla.

En la cocina, Esperanza encontró dos paños limpios. Fue al fregadero y abrió el grifo. Cuando el agua estuvo caliente, echó los paños. No se dio vuelta cuando sintió entrar a Rafael, sino que cerró el grifo y recogió los paños. Con gran precaución, esprimió el agua caliente de éstos.

Rafael habló. —Hice planes para que se fuera de viaje a Veracruz, a casa de mi hermano.

Esperanza se dio vuelta y lo sorprendió alisándose el pelo.

—¿Crees que pueda ir? —preguntó él.

—No sé —dijo Esperanza. Tenía los paños húmedos en las manos, y el calor de éstos, al correr por sus brazos, le llegaba hasta el corazón. Se imaginó a Rafael, libre durante un tiempo, de la petulancia de su madre. Supuso un camino libre entre su casa y la de Rafael.

—Creo que el viaje le vendría bien. Rafael se detuvo. A

mí también me vendría bien. Bajó la voz al decir esto último, mas sostuvo su mirada como si quisiera convencerla de que se uniera a él en la conspiración. Sería bueno para ti y para mí.

Ella no contestó, puesto que no había nada que decir. El no conocía la verdad de su vida . . . que era una mujer violada que no merecía la pena, y que a causa de eso, jamás había querido arriesgarse a un compromiso sentimental. No obstante, hacía algún tiempo que corrientes invisibles se intercambiaban entre ella y Rafael, y con sólo pensarlo sus mejillas y su frente se ruborizaban.

—Es decir, ¿crees que pueda ir? —preguntó él.

—Sólo el tiempo lo dirá —dijo ella—, pues decidió en el momento dejar las cosas al azar. Si ella y Rafael eran el uno para el otro, el destino así lo indicaría. Un buen augurio sería, doña Lina en un tren que la alejara de la ciudad.

En los días subsiguientes, Esperanza iba a casa de doña Lina, a curarla, por regla general después del almuerzo. Rafael siempre estaba allí, y era como si hubiese dado por hecho su trato con el destino, y le hubiese dado un empujoncito. La hinchazón de las manos de su madre le bajaba de día a día, gracias en parte, a su solicitud en hacer que ella se tomase durante las 24 horas, las fuertes dosis de aspirina que Esperanza había recetado.

Esperanza tomó eso como la primera señal positiva, y poco a poco fue permitiendo que las miradas insinuantes de Rafael la ablandasen. Además, también se permitió pensar que a pesar de todo lo que había sufrido, quizás ahora sería digna del amor de otra persona.

No obstante, al quinto día, el destino señaló otra dirección. Cuando llegó a la casa, Rafael la recibió en la puerta. —Está mala de nuevo —dijo—, con los ojos llenos de aprensión. Dice que tiene dolor y creo que sus manos se le vuelven a hinchar. Esperanza entró corriendo.

Doña Lina estaba en la galería. La novela que escuchaba

por la radio todos los días acababa de terminar. Lanzó un quejido cuando vio a Esperanza. Decía sentirse débil debido al calor y porque Laura Esteban, la protaganista de la novela, había sabido que tenía cáncer. Para doña Lina, tener cáncer era la peor noticia que una podía recibir.

Doña Lina levantó las manos y las examinó en la candente luz de la tarde. —¿Ay, hija, ¿crees tú que el cáncer produce reumatismo? —preguntó.

—No, no —replicó Esperanza—, quien pronto se dio cuenta de que las manos de doña Lina no estaban hinchadas, pero sí que ésta estaba muy alterada. Sólo ese hecho podría echar por tierra todas sus ilusiones. También veía en todo eso otra señal. Ya ves, le decía el destino, en verdad que tú no mereces la oportunidad de ser feliz.

—De todos modos voy a morir —lloriqueó doña Lina, y se hundió aún más en la butaca.

Rafael se adelantó. —No, mamá, no te vas a morir—. Su voz era fuerte y la inesperada firmeza asombraba. —Esperanza —dijo— ¿puedes hacer algo más?

—Pues, hay infusiones . . . —dijo ésta con voz apagada puesto que se le ocurría que una vez más el destino se imponía. Iría a ver a Remedios y le consultaría sobre algún medicamento para el histerismo de doña Lina.

—Muy bien —dijo Rafael— traigamos lo que hace falta. Puesto que era una orden y a claras vistas algo que tenía que suceder, Esperanza se excusó, salió de la casa, y subió la cuesta hasta la casa de Remedios.

Remedios sugirió para el histerismo una tisana hecha de flores de azahar y de magnolia, tumbavaquero y flor de tila. Para las articulaciones reumáticas recomendó compresas calientes remojadas en albahaca dulce, flores de árnica y hojas de fresno. Esperanza trajo las plantas aromáticas de la choza de Remedios y preparó la primera dosis en la cocina de doña Lina. Después le toca a Rafael, pensó. A él y al destino. Ella, por supuesto, venía todos los días a ver a su paciente.

—¡Hija! Salgo mañana. Doña Lina la recibió con esas

palabras al llegar Esperanza al décimo día. Como de costumbre, Rafael le había abierto la puerta, y ahora estaba de pie detrás de ella. Por su parte, Esperanza le daba gracias a Dios de que éste no hubiese podido observar la emoción que sin duda se había retratado en su semblante. Doña Lina estaba arrellanada en su butaca.

—Hoy hace demasiado calor —dijo—, mientras secaba el sudor de su labio superior. Estiró la barbilla en dirección al pesado ventilador colocado en el piso que removía el aire sofocante entre las patas de los muebles. —Necesito más fresco—. Levantó la parte de su vestido pegada a la "tablilla" de su seno.

—Puedo mover el ventilador—. Esperanza lo desenchufó. ¿Dónde lo quiere? Con el rabo del ojo pudo ver que Rafael se había ido a sentar debajo del árbol de mango. Parecía absorto en el diario.

—Allí. Sobre la mesa.

Esperanza alzó el ventilador del piso y lo volvió a enchufar. De repente, doña Lina se vio envuelta en un vendabal.

—Está demasiado fuerte. Se me sube el vestido.

Esperanza cambió la velocidad a mediana. Alisó el vestido de doña Lina sobre sus regordetas rodillas y lo bajó hasta las chinelas de fieltro negro, sus preferidas. —Ya —dijo Esperanza—, la mujer era un incordio, y una vez más Esperanza pudo comprobar sin lugar a duda, cuan difícil era la vida de Rafael.

Chac se acercó con su negra cola como un mástil, y brincó sobre el anchuroso mar de la falda de su dueña, quien lo lanzó al piso antes de que pudiera acomodarse. Bajó la voz y le dijo a Esperanza: —Mi pobre hijo. Mañana estará solo, con Chac como única compañia. Doña Lina miró hacia el patio.

—No debe preocuparse por Rafael. Concéntrese en usted misma; en lo bien que se va a sentir al estar de vacaciones.

El rostro de doña Lina se iluminó, y por un instante

Esperanza pudo ver más alla del egoísmo de la mujer. Vio la necesidad que había engendrado ese egoísmo, y se preguntó que clase de sufrimiento habría tenido doña Lina para pensar en sí únicamente.

—Espero que se cuide cuando esté en Veracruz —dijo Esperanza.

—Mi hijo Tomás ha contratado una enfermera para mí—. En la voz de doña Lina había más que un toque de presunción.

—¡Qué bien le vendrá! —dijo Esperanza—. ¡Qué bueno para Rafael!— pensó. A menos que lo echara todo a perder, no pensó incluirse a sí misma, aunque en realidad la situación era una verdera bendición para ella.

Rafael subió a la galería con su periódico bajo del brazo. —¿Te vas? Te acompaño.

—Pues, sí —dijo Esperanza y le dio un apretón a doña Lina—. La veré dentro de un mes —dijo— y salió con Rafael. No miró hacia atrás, aunque sintió el peso de la mirada de doña Lina hasta que llegaron a la puerta.

La noche siguiente, un poco después de las siete, Esperanza le abrió la puerta a Rafael. —Hola —dijo éste—. Llevaba su sombrero, cuya ala le oscurecía el rostro. —Por fin mamá se fue —dijo llevándose las manos a los bolsillos, como si con el gesto encarpetara el recuerdo de su madre. El hecho de que él estuviera allí no la sorprendía del todo.

No obstante, Esperanza había pasado la mayor parte del día tratando de alejar el mal pensamiento que había cruzado por su mente, al imaginarse que, durante la noche, las manos de doña Lina se habían hinchado de manera tan grotesca, que no le pasaban por la puerta del tren.

—¿Quieres un café? —preguntó Rafael—. Podríamos ir cerca de aquí y tomar una taza. Señaló la acera y colocó su rostro de tal manera que ahora quedaba al descubierto. Había en sus ojos una mirada de expectación, y su ceño estaba fruncido como si estuviese preparándose para persuadirla si ella rehusaba.

Ella sonrió. —Déjame decírselo a Marta—. Lo dejó en la puerta y se fue por el pasillo hasta su cuarto. Se miró en el espejo del tocador y se pintó los labios. En sus ojos se observaba la misma mirada que ella había visto en los de Rafael. Al salir, metió la cabeza por la cocina. Marta estaba sentada a la mesa, dándole de comer a Richard. —Voy al café.

—Y, ¿puede saberse con quién? —dijo Marta, abriendo bien los ojos para hacerse la inocente.

—No, no debe saberse.

—No tienes que decírmelo —dijo Marta—. Vas con el maestro. Arqueó los cejas y rió. Richard miró a su madre y rió igualmente.

—Ustedes dos son imposibles —dijo Esperanza riendo—. Se unió a Rafael y se dirigieron calle abajo.

Era una noche calurosa de fines del mes de enero. El aire era húmedo, impregnado del olor a sal y a pescado, algo propio cuando se vive cerca del mar. Insectos de largas alas formaban aureolas obscuras alrededor de los faroles de la calle. Como si le faltasen fuerzas para terminar el trayecto, un perro estaba echado en medio de la calle. Muchas personas habían sacado sillas al portal, y estaban sentadas mirando hacia fuera, algunas de ellas echándose fresco con abanicos de papel. Otras eran sólo sombras sentadas en cuartos obscuros detrás de abiertas ventanas enrejadas. En algunas ventanas aún se veían adornos y campanitas de Navidad. Al pasar la pareja, la gente los saludaban, y Esperanza contestaba con su propio saludo. Rafael sólo tocaba el ala de su sombrero en respuesta.

El café tenía aire acondicionado y una amplia ventana que daba a la calle. Había cómodas mesas redondas con tableros de mármol gris y sillas con espaldares metálicos en forma de corazones. Al fondo, en una vitrina de vidrio, estaban los panes y los pasteles. Contra la pared había una cafetera para hacer café expreso, con un sinnúmero de tubitos. A pesar de que el café estaba muy concurrido, encontraron una mesa cerca del mostrador. Cuando vino la mesera, ambos pidieron un capuchino y señalaron la bandeja de orejas en la vitrina.

—Bien, aquí estamos —dijo Rafael, después de haberse acomodado. Se quitó el sombrero y lo puso sobre una silla. La mesera regresó pronto y colocó lo que habían ordenado sobre la mesa. Al ésta retirarse, Rafael atrajo hacia sí la taza y el platillo. Tenía puesto una camisa del mismo color avellanado de sus ojos, observó Esperanza bajo la luz del café. Observó también la configuración de sus brazos, y la delicadeza de la mano que rodeaba la taza de café.

El la miró. —Por primera vez en mucho tiempo, soy un hombre feliz.

—¡Ah! —dijo Esperanza, quien bajó los ojos y se miró las manos. Un algo dentro de ella, se había relajado y aflorado. Sintió que el rubor le subía al rostro.

—¿Dije lo que no debía?

—Oh, no —dijo Esperanza, mirándolo de nuevo—. Es que yo, a mi vez me siento feliz.

Y continuaron disfrutando de esa felicidad durante largo rato. El, porque se sentía libre y porque le parecía haber despertado de un sueño inquietante e interminable. Ella, porque con sólo verlo su pulso latía más a prisa; porque con él, el destino le ofrecía otra oportunidad.

Doña Lina había estado fuera dos semanas cuando Esperanza y Rafael fueron a comer a la playa. Hasta ese día habían compartido frecuentes comidas, pero éstas habían sido en casa de Esperanza o en distintos lugares de Santiago. Hoy habían ido al restaurante de don Gustavo del Norte, un lugar espacioso y ventilado con un enorme techo de paja, paredes de junco y una magnífica vista al mar. Era viernes por la noche y el restaurante rebosaba de alegría con el ruido de la gente que se divertía. Tres guitarristas se paseaban entre las mesas. Esperanza y Rafael terminaron su cena, y después de pagar la cuenta, bajaron unos peldaños hasta el paseo marítimo cubierto de yerba, que estaba frente al mar. La playa resplandecía bajo la luz de la luna, y la luz del restaurante impartía a su vez, su festivo resplandor. Otras parejas se paseaban por allí, y al borde del césped, antes de llegar a la pendiente arenosa que conducía a la playa, un fabricante de hamacas, con su mercancía sobre los hombros, había extendido una muestra de éstas sobre la yerba.

—Demos una vuelta —dijo Rafael—. Tomó la mano de Esperanza al caminar por el paseo, lejos de otras personas, de las luces, y del melodioso sonido de las guitarras.

Habían caminado un trecho cuando Esperanza se detuvo. Con ímpetu inusitado se quitó los zapatos y los guardó en los amplios bolsillos de su vestido. —Vayamos al agua, —dijo—. Se apresuró a descender por la pendiente hacia un mar en calma, y hacia el tornasolado sendero que la luna dejaba en su superficie. A medida que corría podía sentir el bochorno del día atrapado en la arena. Al llegar a la orilla, permitió que una ola reventara sobre sus pies y rió porque el agua estaba fresca, y porque de nuevo se sentía como en los días de su juventud. Se dio vuelta para mirar a Rafael que aún estaba de pie en el paseo. —Ven —dijo—, haciéndole señas. El descendió la cuesta torpemente, pues era un hombre muy formal que rehusaba quitarse los zapatos.

Se sentaron sobre un tronco de madera arrojado por el mar, lejos de la orilla. Estaban cogidos de la mano con los dedos entrelazados, y ella dirigió la mirada hacia el agua, hacia las pequeñas montañas al otro lado de la bahía las que, en la distancia, semejaban bestias dormidas. Encima de la montañas un faro destellaba como si fuese una estrella haciendo guiños en dirección suya. —¡Mira qué precioso! —dijo ella.

—Tú eres la preciosa —dijo Rafael, y Esperanza se volvió hacia él. La atrajo hacia sí, y con sus manos enmarcando su rostro, la besó.

Su boca tenía el mismo sabor dulce, de las pocas veces que antes se habían besado. Sin embargo, esa noche sus labios eran más calidos y lo sintió estremecerse. Ella le abrió sus labios por vez primera. —Mi amor —dijo él, pronunciando las palabras contra su boca. Rafael llevó sus labios a los párpados de ella, y luego volvió a besar sus labios. —Rafa —murmuró ella, y echó la cabeza hacia atrás; él besó el hueco de su cuello, y luego, puso una mano sobre la plenitud de su seno.

—Rafa —repitió ella mientras ponía una mano sobre la de él, y sentía que el placer, como un líquido, corría por sus venas y la enardecía. No obstante, un pensamiento la asaltó. Una mujer deshonrada no debía sentir tanta felicidad. En un instante, el pensamiento la enfrió, y retiró la mano a Rafael.

—¿Qué hice? —dijo él—. Lo siento, en verdad lo siento. No era mi intención ofenderte.

—No, no. No es eso—. Se deslizó del tronco y quedó sentada en la arena. Levantó sus piernas y los rodeó con sus brazos. Años más tarde, cuando recordaba este momento, no podía precisar que fue lo que la hizo revelar su pasado. Quizás fuera el vino que habían tomado con la comida, o quizás fuera que, a fin de cuentas, el destino la animó a hacer una última prueba. El destino abrió una puerta de par en par, y ahora tenía que traspasar el umbral. Tenía que confesarle la verdad. ¿Cómo podrían unirse definitivamente sin antes haber sinceridad entre ellos?

—Rafael —dijo ella—. Hay algo que debes saber. Ella no lo miró cuando empezó a hablar, sino que observaba el mar, las montañas y el centelleante faro.

—¿De que se trata? Se había echado a su lado, y ella sintió la presión de su hombro contra el suyo.

—Algo sucedió cuando yo tenía dieciesiete años.

El mantuvo silencio cuando Esperanza se expansionó, mas ella no podía determinar si era porque él deseaba que continuase o que no siguiese adelante. —Cuando yo tenía diecisiete años mi madre aún vivía. Era costurera y cosía para las familias ricas. Hacía mucho tiempo que no pensaba en el trabajo de su madre. No había pensado en que la sala de espera de su clínica había sido, en una ocasión, el cuarto de costura de su madre con tablillas para rollos de tela, carretes de hilo y pedazos de cartón para enrollar las cintas y los encajes.

—Perdiste a tu madre cuando tenías diecisiete años—. Rafael le pasó el brazo por los hombros y la atrajo hacia sí.

—No, no es eso —dijo Esperanza. Se inclinó hacia él porque su cercanía le era indispensable para poder continuar.

—Cuando cumplí los diceisiete años mi madre cosía para una familia muy rica que tenía una abuela que vivía con ellos. La abuela era vieja y delicada y necesitaba una enfermera que la cuidara. Ese año, cuando la familia planeaba su viaje anual a Miami, la enfermera se enfermó y no pudo hacer el viaje. Mamá se enteró de lo que sucedía y les comunicó que ella tenía una hija que había ido a la escuela de enfermería y deseaba seguir la carrera. Pronto se hicieron los arreglos para que yo reemplazara a la enfermera. Esperanza guardó silencio, y recordó su alegría al saber que iba a salir de México. Ella tenía novio y estaba comprometida para casarse, y a él no le cayó bien cuando supo que ella se iba de viaje.

Rafael apretó su hombro. —¿Y luego?

Esperanza recostó su cabeza sobre el hombro de Rafael y continuó.

—Miami era todo luces y altos edificios. Hasta el perfume del aire era diferente. El apartamento de la familia era grande, pero mi habitación no era sino un pasillo entre la cocina y un gavetero. Había detestado la insuficienca de su alojamiento, la falta de vida privada, y aunque no se lo dijo a Rafael, optó por hablarle del patio donde se sentaba con la abuela a la sombra de una sombrilla. —La abuela estaba en una silla de ruedas, y todos los días la empujaba en su silla alrededor del agua color turquesa de la piscina, a lo largo de la hilera de palmeras que bordeaban el patio.

Esperanza dejó caer la cabeza sobre sus rodillas, consciente del hombro de Rafael junto al de ella, y del peso de su silencio. A pesar de todo, levantó la cabeza y continuó hablando de las tardes en Miami, cuando las mujeres iban de compras y la abuela dormitaba. Ella, en el pasillo, y el jefe de la familia acercándosele hasta que la gruñona bestia la había sujetado a la fuerza contra el camastro.

Al abrumarla los recuerdos, Esperanza se enterró las uñas en las palmas de sus manos. Después de cada sesión, se colaba en la habitación de la abuela. La miraba en la cama inmóvil, como una momia, y la abuela alzaba la vista y la estudiaba en silencio. La vieja bien sabía. No cabía duda de que lo sabía, como si hubiese estado parada en el pasillo. El olor del hombre impregnaba al aire, y sólo hubiese sido necessario un grito de ella para que la rescataran. No obstante, la abuela no habló y a Esperanza le era imposible hacerlo. ¿Cómo podía hablar? De haberlo hecho, hubiese desencadenado una tormenta sobre ella.

—Rafael, él me dijo que si yo hablaba llamaría a las autoridades, las llamó "ciertas autoridades" que, al él llamarlas, me interrogarían pero no me creerían. Dijo además: —En este país se encarcelan a putas como tú.

Esperanza dejó de hablar, pues el hombro de Rafael ya no tocaba el suyo. Contuvo el impulso de mirarle a la cara y pedirle perdón, como si hubiese sido ella quien, de una manera u otra hubiese faltado. Bajó la vista y contempló las redondas puntas de sus zapatos, que formaban dos sombras estampadas en la arena. —Estuve fuera dos semanas. A mi regreso, no le dije a nadie lo que había sucedido. Porque sentía una enorme vergüenza, tampoco se lo comunicó a su madre. Rompió su compromiso y rehusó hablar con su novio las múltiples veces que él vino a pedirle una explicación. Pasados unos meses, él dejó de venir.

Esperanza se arriesgó a mirar a Rafael. Este miraba fijamente a través de la arena y su perfil semejaba una afilada roca contra la obscuridad a sus espaldas. —Rafa —dijo ella, casi con un murmullo.

—¿Quién te hizo eso? —preguntó él, aún sin desviar la mirada.

—¿Qué importa? Hace mucho tiempo la familia se mudó de aquí. No sé donde están, ni quiero saberlo.

Él nada dijo, y no se dio vuelta para mirarla. Pasado algún tiempo se levantó y con una mano, sacudió la parte de atrás de sus pantalones. —Debemos irnos —dijo—, y caminó por la playa en dirección al restaurante. Esperanza lo vio ir, y un entumecimiento se apoderó de su cuerpo igual al que había experimentado no sólo cuando regresó de Miami, sino durante mucho tiempo después de su llegada.

Días más tarde, Esperanza Clemente estaba en su escritorio cerca de la ventana del cuarto principal. Era domingo en la tarde y la casa estaba tranquila. Marta y Richard estaban en el patio. Esperanza revisaba las cuentas del libro mayor con las páginas ribeteadas en rojo. De vez en cuando levantaba los ojos de su trabajo y miraba por la ventana. Hacía esfuerzos por no pensar en Rafael. Trataba de no pensar como aquella noche, al traerla a casa, había dicho las cosas más triviales, actuando como si ella hubiese creado un océano entre los dos, y no hubiesen barcos que lo cruzaran.

Como si la acera lo hubiese escupido, Candelario Marroquín apareció en la ventana. Estaba a unas pulgadas de distancia. Sus manos apretaban dos de las barras de la ventana.

—Esperanza —dijo—. Tiene que venir a la casa—. Desapareció de la ventana, y por un momento, Esperanza pensó que había visto un fantasma, tan rápido vino y se fue. Se puso de pie y miró hacia fuera, y ahora Candelario golpeaba la puerta. Esperanza se apartó rápidamente del escritorio, se encontró con Marta y con Richard que venían por el pasillo, y abrió la puerta de par en par.

—Es Tonito —dijo Candelario haciendo esfuerzos por respirar—. Se está muriendo. Tonito era hijo de Candelario. Dos años atrás Esperanza había asistido a su madre en el nacimiento del niño.

—¿Dónde está? ¿Qué sucedió? —preguntó Esperanza.

Candelario puso una mano sobre su pecho como si le faltase la respiración. —Está en la casa. Estaba jugando en el patio cuando se sintió mal. Chayo está con él. Usted tiene que venir.

Esperanza se dio vuelta y encontró a Marta desplomada contra la pared. —Virgen santísima —dijo ésta—, y Esperanza vio en el semblante de la muchacha el espectro del hechizo que le había echado al hijo de Chayo antes de éste nacer. Esperanza hubiese deseado detenerse y abrazar a Marta, ofrecerle algún consuelo, pero no tenía tiempo para hacerlo. Corrió por el pasillo, tomó su botiquín, y ella y Candelario salieron precipitadamente.

Unos cuantos vecinos se habían congregado en el patio de Chayo. Una mujer gritó cuando vio a la enfermera. Esperanza entró a toda prisa. Tonito yacía en la cama grande, en la esquina. Chayo estaba al lado del niño, pero Esperanza la apartó gentilmente. Se inclinó sobre el niño y lo examinó. El cuerpo de Tonito estaba sumamente hinchado. Esperanza le tomó el pulso. Su corazón latía desaforadamente. Tenía la boca abierta y respiraba con dificultad. —¿Lo picó algo? —preguntó Esperanza.

—Jugaba cerca del hormiguero —dijo Chayo con voz apagada, e indicó hacia la puerta.

Candelario se adelantó. —Le gusta atormentar a las hormigas bravas. Unas dos veces lo han picado antes.

Esperanza no perdió tiempo. El niño era víctima de una conmoción anafiláctica. —Busquen un automóvil —le dijo a Candelario que parecía necesitar algo que hacer—. Tenemos que llevarlo al hospital.

Esperanza abrió su botiquín con el equipo para picaduras que siempre llevaba. Sacó una syrette de adrenalina y la inyectó en el brazo del niño, dándole un fuerte masaje alrededor del lugar de la inyección para acelerar su difusión. Lo sentó y lo obligó a tragar una dosis de antihistamínico. Debido a la hinchazón Esperanza temía que la tráquea se estrechase. De ser así, habría que realizar una traqueotomía.

Candelario entró corriendo. —Santos estaba en casa y nos llevará en su taxi—. Recogió a su hijo y todos salieron apresuradamente, con los vecinos formando hilera, hasta el Ford verde con las grandes aletas y el motor en marcha, estacionado en el arroyo. Candelario acostó a su hijo en el asiento trasero y Chayo, que había engruesado después del nacimiento de Tonito, se apretujó a su lado.

Santos aceleró el motor y Esperanza y Candelario se sentaron en el asiento delantero. Al salir, Esperanza miró por la ventanilla y vió a Marta, de pie bajo el limonero, con su hijo agarrado a su falda. Al pasar, Esperanza levantó una mano hacia Marta, pero Marta no agitó la suya en respuesta. Más bien, echó un brazo alrededor de Richard, como si quisiese anclarlo contra ella para mayor seguridad.

El coche corrió dando brincos por el seco cauce del río y pronto llegaron a la carretera, luego a Manzanillo, y por último a la entrada del hospital cuyo rótulo leía URGENCIAS. Esperanza entró al niño a toda velocidad por las doblepuertas al final del pasillo, y depositó a Tonito en la mesa en una de las salas de reconocimiento. —Tiene shock anafiláctico —dijo— y los médicos y enfermeras rodearon al niño. De allí en adelante todo estuvo fuera de las manos de Esperanza.

El sol se había puesto cuando Esperanza volvió a su casa. Abrió la puerta, se dirigió a la cocina, encendió la luz y calentó el café. Estaba a punto de servirse una taza cuando Marta salió de su cuarto. Se veía pálida y empequeñecida. —Tonito murió. ¿Verdad que sí?

Esperanza se le acercó y le echó un brazo como si fuera un ala bajo la cual se cobijara. —Tonito no murió. Todavía está en el hospital, pero todo saldrá bien, vas a ver.

Marta dejó caer su cabeza sobre el hombro de Esperanza y rompió a llorar. Las dos se abrazaron por un momento, y luego Esperanza llevó la muchacha hasta la mesa y la sentó. —¿Dónde está Richard? —preguntó Esperanza—. Sirvió dos tazas de café y se sentó también.

—Está dormido. El revuelo en casa de Chayo lo emocionó.

Esperanza tomó un sorbo de café. Estaba rancio y amargo. Puso la taza sobre la mesa.

—Creí que había llegado el fin —dijo Marta—. Vi a Tonito y creí que moriría.

—Tonito es un niño fuerte —dijo Esperanza. Después que salga del hospital estará como nuevo.

—¿Y Chayo? —preguntó Marta.

—Está bien. Por supuesto, mucho más tranquila—. Esperanza deseaba que hubiese algo que ella pudiese hacer para reparar la ruptura entre Marta y su hermana. Hacía cosa de un año que Esperanza se había ofrecido como puente entre las dos hermanas. Sin embargo, Chayo rehuzó cruzarlo.

—Sé lo que piensa Chayo —dijo Marta—. Piensa que Remedios nunca deshizo el hechizo del brujo. Piensa que aún existía en suspensión; que el hechizo había permanecido inactivo hasta el día de hoy. Marta movió la cabeza.

Esperanza nada dijo porque la muchacha tenía razón. En el hospital mientras los doctores atendían a Tonito, Chayo había ido de un lado para otro en la sala de espera, desvariando acerca del brujo y culpando a su hermana por haberle hecho ese mal a su hijo.

Marta se inclinó sobre la mesa pidiendo una respuesta. —Es verdad, ¿no es así?

—Sí —dijo Esperanza— es verdad.

Marta se volvió a desplomar en la silla. Después de un momento dijo: —Yo bien lo sabía. A pesar de los esfuerzos de Remedios, he estado esperando durante tres años—. Richard llamó y Marta fue a la puerta, mas se detuvo al llegar a ella. —No obstante, gracias a Dios que ha terminado la espera. Sin duda el susto de hoy ha roto el hechizo del brujo. Quizás con el tiempo Chayo me perdone—. Richard volvió a quejarse con voz soñolienta y Marta se apresuró a ir a su lado.

De nuevo sola, Esperanza contempló la mesa sin verla. Pensó en cómo le iba a decir a Marta que Tonito no estaba fuera de peligro; que el episodio de hoy era sólo el principio de una vigilia eterna y constante. De hoy en adelante una sola picada de hormiga o de abeja podría ser fatal para el niño. El médico y la misma Esperanza habían tratado de convencer a Chayo y a Candelario al respecto. Chayo había gemido al enterarse de los peligros que arrostraría su hijo. Se lamentaba del destino que le había dado a Marta por hermana.

Cuando Esperanza trató de tomar su taza de café, éste estaba frío y lo echó por el fregadero. Estaba enjuagando la taza cuando alguien tocó a la puerta.

Al caminar por el pasillo, Esperanza tenía el corazón en la boca. ¿Habrá empeorado Tonito?, se preguntó.

Era Rafael. Se había quitado el sombrero y lo tenía agarrado entre las manos. En su rostro había una expresión de tristeza y de recelo. Esperanza dio un paso atrás.

—Espera, no te vayas —dijo Rafael, mientras levantaba una mano para detenerla. Dejó caer la mano a su costado. —Lo siento —dijo—, bajando la barbilla hasta el pecho. Ella podía ver la pequeña calvicie en su cabeza.

Rafael la miró; los faroles de la calle brillaban a su espalda. Ella miró a sus ojos y vio el arrepentimiento retratado en ellos. —La otra noche . . . —dijo—. La manera como te traté . . . hice mal, y lo siento mucho.

Esperanza estaba a punto de responder cuando él entró al pasillo y se detuvo junto a ella. —Esperanza, escúchame. Soy un hombre tonto y cometí un error. Te pido mil perdones—. Llevó su sombrero al pecho y lo mantuvo allí como si se estuviera escudando de un rechazo.

Esperanza consideró por un momento la sinceridad que veía retratada en su rostro y dijo: —¿Deseas tomar una taza de café? Estaba a punto de hacerlo. No esperó su respuesta sino que se dio vuelta y caminó por el pasillo hacia la cocina. Oyó cuando se cerró la puerta, mas no se volvió a mirar si Rafael la seguía, ya que no le cabía la menor duda de que allí estaba.

CAPÍTULO DOCE

Remedios Elementales

AIRE

EN LA CUESTA donde vive Remedios, la mayor parte de los días sopla la brisa que por lo general es suave y puede traer consigo la salobridad del mar, la intensa dulzura de los limonares o la emanación que despide la tierra removida. Cuando el viento viene en ráfagas, gime alrededor de la choza de Remedios.

Hoy el viento es suave y susurra una canción de cuna. Remedios está acostada en su catre, bajo la ventana abierta que da al norte. Una luna creciente pinta un arco más allá de la copa de un nogal. El cielo está salpicado de estrellas y Remedios las estudia. Antes de acostarse, encendió la trenza de grama olorosa que cuelga del marco de la ventana, y su incienso consagró y aclaró su mente. Remedios cierra los ojos, y muy pronto cae en un sueño que la levanta, en espiral, hacia las estrellas.

En la travesía no está sola. Su guardián, San Rafael Arcángel, con su cayado, la acompaña. Juntos se pasean por nieblas tan altas como las abovedadas alas del ángel.

Urraca también está con ella, así como el murciélago, porque él es el tótem de la muerte ritualista que todos los curanderos deben sufrir. La libélula también pasa volando, y la guía por el campo de ilusiones que opacan la interminable senda de la transformación. Tales fieles compañeros la llevan hasta el centro del viento, al lugar donde sus antepasados, las estrellas, residen.

Los antepasados acopian la sabiduría del universo y resplandecen con recuerdos atesorados; brillan con leyendas. Siempre recuerda, exhortan los antepasados. Remedios también recuerda mientras se pasea entre las estrellas. Recuerda que cuando niña, vagaba por los bosques y por la playa y los elementos la despertaban; cuando joven, los elementos la alimentaban. Medita sobre la vieja que es hoy, y cómo los elementos la sostienen. Soy la que sabe, piensa. Porque recuerdo, soy la que sabe.

Después de un tiempo entre las estrellas, el espíritu de Remedios se reanima. El guardián y los guías la devuelven al catre. Remedios duerme hasta la salida del sol. En su corazón ha vuelto a repasar historias; en su corazón, donde nada muere.

Capítulo Trece

Rosario "Chayo" Rodríguez de Marroquín

LA RAMILLETERA

Era la media tarde en la playa de Santiago cuando el viento empezó a soplar y a traer consigo el olor a lluvia. Los turistas, los pocos que había —era el mes de agosto y la estación de lluvias— recogieron sus toallas y bolsas de lona y caminaron por la arena hacía el gredoso hotel que se destacaba como un baluarte sobre la playa. Algunos no se retiraron con la misma rapidez. Se mantenían de pie, de espaldas al hotel, con las manos alineadas sobre las sienes, y mirando, ora al mar, ora al cielo, como si entre los dos existiese una conspiración. Chayo Marroquín no perdió tiempo. Tomó su cesta de flores y se dirigió a toda prisa hacia una pareja joven que se había rezagado. Chayo se había acercado a la pareja hacía unas horas. El hombre había alzado los ojos de su libro, más luego había desviado la mirada, y vuelto a su lectura. La mujer, muy rubia y quemada por el sol, había observado el desaire. Le había sonreído a Chayo con dulzura, mirando al hombre con ojos entrecerrados. No obstante, al fin le indicó a Chayo con la mano que se retirase, como diciendo, si él no me compra flores porqué he de comprarlas yo. Chayo Marroquín tenía el don de leer el pensamiento de los turistas. Es este negocio, cuando todo el día era sólo calor, arena, y el capricho de personas desconocidas, un arte como el de adivinar el pensamiento podía significar mucho.

—¿Florecitas de papel? —Chayo se dirigió al hombre con las palabras de siempre, aunque esta vez levantó un ramo de amapolas amarillas hasta la cara de la mujer, como si quisiesa establecer una comparación. —Muchacha bella, flores bellas —dijo— con una de sus acostumbradas letanías.

La mujer tomó el pequeño ramo, ladeó la cabeza, y parpadeó ante el hombre, hasta que éste no tuvo más remedio que reir con sus payasadas.

—¿Cuánto? —preguntó por fin, y Chayo le respondió. Pagó, y pronto la pareja se alejó por la playa, dejando pequeños surcos en la arena que marcaban su paso.

Chayo metió el dinero en el bosillo, echó una mirada al encapotado cielo y fue en busca de Tonito que vendía paquetes de goma de mascar. Los sábados Chayo compraba cajas de chicle en el Tianguis, el mercado indígena, y ponía un buen precio a cada paquete para su venta rápida en la playa. Chayo divisó a Tonito cerca del hotel. Para llamar su atención dio una palmada y señaló hacia el cielo, mientras que con el dedo le avisaba que era hora de partir.

A medida que arreciaba el viento, Chayo desplegó una sábana plástica sobre sus flores y aseguró los bordes de ésta alrededor de la cesta. Hoy sólo había vendido la mitad de sus ramos. Tenía en el bosillo unos diez mil pesos. En casa tenía el triple de esa cantidad, una suma que había ido economizando poco a poco para la boda de Esperanza Clemente que se aproximaba, ya que la ocasión exigía ciertos gastos: el vestido de Chayo, y como Tonito era parte del séquito nupcial, había que comprarle una nueva camisa blanca y pantalones. Como un regalo especial para la partera, Chayo prepararía el mole para la boda. Los ingredientes de ese plato eran muchos y caros, mas, así era la vida. Además, no había nada que Chayo no hiciera por Esperanza. La mujer era una santa. Hacía más de un año que ella había arrebatado a Tonito de las garras de la muerte.

Chayo y Tonito habían llegado a la carretera cuando

empezó a llover. Chayo divisó el esqueleto de un pequeño edificio en el camino. Don Justo, el pajarero, estaba en el portal en espera de que pasara la lluvia. Les hizo señas, y se echó a un lado cuando ellos entraron corriendo.

—Buenas, don Justo —dijo Chayo—. Hace ya bastante tiempo que no lo veía. Ella y el pajarero con frecuencia trabajaban en el mismo sector de la playa, por lo que no se sorprendió de encontrarlo allí. Chayo puso su cesta en el piso, mas antes de hacerlo le dio una pequeña sacudida. Miró a su derredor. El edificio no estaba terminado. Las ventanas no tenían marcos ni vidrios. Los escombros de la construcción estaban diseminados por el piso de concreto. La jaula de pájaros de don Justo y su equipo de la suerte estaban al lado de la puerta. Chayo se colocó al lado de él, y ambos dirigieron la mirada hacia el camino adoquinado que conducía al pueblo.

—El día de hoy fue muy lento —dijo Chayo—. Tuvo que alzar la voz debido al ruido de la lluvia.

Don Justo se encogió de hombros y levantó sus manos palmas arriba. —Es la estación de poca actividad—. Era un hombre viejo quien, desde la última vez que lo había visto, parecía haberse menguado. La ropa le colgaba como si estuviese enganchada detrás de una puerta. Chayo echó una mirada buscando su viejo perro amarillo. Al no verlo, preguntó: —¿Y su perro?

Don Justo de nuevo se encogió de hombros. —Se murió.

—Lo siento —dijo Chayo—. Anteriormente, jamás lo había visto sin su perro. Ahora Chayo se dio cuenta de que sin su perro a su lado, parecía faltarle una pierna. —¿Cómo murió?

—Era viejo. Tan viejo como yo—. Chayo asintió con la cabeza y nada dijo.

—Yoyo era un buen perro —dijo él.

A sus espaldas se sintió un grito y al volverse, Chayo vio caer a Tonito sobre el polvoriento piso, y desparramarse el contenido de su caja de goma de mascar. Lo levantó por un brazo. —Estabas corriendo. Mira tu chicle. Paquetes de goma, turquesa y rosados, estaban diseminados por el suelo.

Chayo investigó si había recibido algún golpe. El niño lloriqueaba mientras ella le sacudía el trasero y la parte de atrás de las piernas.

—Cállate. Nada te ha pasado.

Don Justo se acercó con un canario azul sobre su dedo. —Mira, ésta es Carolina.

Tonito dejó de llorar. Observó como don Justo llevaba el pajarito hasta su cara y arrugaba sus labios de cuyas comisuras salían pequeños pelitos tiesos. —Dame un beso —dijo don Justo—, y el pajarito picoteó los labios del viejo. Ofreció el pajarito para que Tonito lo besara, mas éste se hizo atrás.

—Carolina no te hará daño. Es una pajarita muy buena.

Tonito extendió un dedo y don Justo puso cara seria. —¿Crees que tienes edad suficiente para sostener a Carolina?

Tonito asintió. —Tengo casi cuatro años.

Don Justo se arrodilló al lado del niño, y mientras llovía a cántaros, permitió que el pajarito se posará en el hombro de Tonito, y saltara de arriba para abajo sobre sus bracitos. Chayo observaba todo esto con el rabo del ojo mientras recogía los paquetes de chicle. De nuevo los enfiló en la caja, contenta de ver que más de la mitad de ésta estaba vacía. Sonrió. El niño había tenido un buen día.

La lluvia cesó repentinamente tal como había empezado. —Vamos —dijo don Justo—. Volvió a poner a Carolina en su jaula, y el grupo recogió todos sus bártulos. Salieron al fresco e inconfundible olor a marga. Pronto andaban con gran cautela por el tortuoso camino, don Justo a la cabeza, con su jaula y equipo apilados sobre su espalda. Los tres tenían buen cuidado de mantenerse al margen del camino, y al llegar al pie de éste don Justo le dijo al niño: —No te olvides de pedirle a tu madre que te lea la suerte.

—¿Qué suerte? —preguntó Chayo.

—Le di un papelito de la suerte—. El pajarero agitó la mano y se fue camino del pueblo.

Chayo depositó su cesta en el suelo. —Déjame ver.

Tonito le entregó un papelito azul que tenía pillado entre su pecho y la caja de chicle.

Chayo tomó el papel y por un instante pensó en leerlo, mas lo arrugó y lo tiró al suelo. —Estas fortunas son absurdas —dijo—. No creo en esas cosas.

Un autobús les pasó con gran estruendo cambiando de velocidad y vomitando un humo acre. Chayo le dio un tirón a Tonito y lo atrajo hacia sí. —Quítate de la carretera —dijo—, a pesar de que ambos estaban lejos de ésta—. ¿No te he dicho que la carretera es peligrosa?

Tonito se separó de su madre. Se agachó y trató de recoger el papelito.

—Deja eso donde está —dijo Chayo, y le dio un empujón al niño para que empezara a caminar.

Dos días antes de la boda de Esperanza, Chayo empezó a hacer el mole. Para el mole se necesitan tres clases de chile: chile ancho, chile mulato y chile pasilla. Se necesita además, cebolla y ajo, un puñado de almendras y otro de ajonjolí. El mole también lleva maní y pastillas de chocolate amargo, así como rajas de canela, granos de pimienta, anís y clavo. Cuando Chayo preparaba la salsa, algo que sólo hacía en ocasiones especiales, se ajustaba a la receta de la familia. Hoy, después que Candelario salió a pescar, Chayo fue al mercado con Tonito. Ahora, todos los ingredientes estaban encima de la mesa. En la estufa estaba la olla para el pavo, las verduras y las finas hierbas. Esos ingredientes harían el caldo que suavizaría la salsa. Una vez preparado, Chayo echaría el mole en la vasija de barro que Nacha, el alfarero del mercado, había hecho por encargo. La vasija estaba en el centro del gavetero, hacia el fondo y lejos de los lados para mayor seguridad. Era de color marrón encendido, con un diseño azul de espuela de caballero alrededor del borde, y los nombres Esperanza y Rafael entrelazados en el centro del jarrón.

Antes de empezar, Chayo echó una mirada afuera. —

Tonito —gritó—. La última vez que había mirado el niño estaba en el gallinero provisional que su padre había hecho junto a la casa. Allí estaba Tonito, todavía agachado al lado de la tela metálica, echando puñaditos de hierba al pavo por un agujero.

—¿Qué haces? —dijo Chayo.

—No tienes que matarlo, podía ser mi mascota—. Tonito sacó su dedo con gran presteza, cuando se acercó el ave.

Chayo movió la cabeza. ¿Cómo se le había ocurrido decirle al niño que el pavo era para el banquete nupcial? —Los pavos son para comer. No son para mascotas.

—No me gusta comer pavo.

—Sí que te gusta. Ahora, vení, entrá conmigo. Se dirigían hacia la puerta cuando Santos, su vecino, salió de su casa, y fue derecho al gallinero. —¿Qué es esto?

—Estoy haciendo mole para el matrimonio de la partera.

—Mi mamá solía hacer mole —dijo Santos, un hombre grande con un gran vientre y una cabeza pequeña—. Lo hacía siempre para la Navidad. Mi madre era de Oaxaca donde se hace un mole exquisito.

Tonito le dio a Santos un golpecito en la pierna. —Mi mamá va a matar el pavo.

—Para hacer buen mole hay que matar pavos —dijo Santos—. Mi madre mataba pavos con gran destreza. Ponía el pescuezo sobre una piedra y le cortaba la cabeza. Santos desvió la mirada como si quisiese ahondar en el pasado. —Sí, la sangre corría de verdad cada vez que mamá hacía mole.

—¿Dónde está su taxi? —preguntó Chayo para cambiar el tema. Santos era capaz de seguir hablando. Había impresionado a Tonito, quien permanecía con la boca abierta. Miró el gallinero, y luego observó a su madre.

Santos se rascó el cuello. —Hoy día tengo que estacionarlo calle arriba. No me es posible pasarlo por el arroyo. Metió sus dedos en su pretina y caminó unos cuantos metros para inspeccionar el cauce del río. Chayo trató de distraer a su hijo, y fueron a pararse bajo el limonero al margen del patio.

—Mira eso —dijo Santos— dirigiendo la mirada hacia el arroyo. De arriba abajo, la longitud del arroyo era un lodazal. Salía de éste tal hedor, que cuando el viento era favorable, se hacía difícil vivir allí. Hoy el viento era muy leve, y por supuesto, la vida era más tolerable. —Debíamos rellenar el arroyo —dijo Chayo.

Santos echó la cabeza hacía atrás, y sacó sus dedos de la petrina. —¡Aja! Eso es bueno. Lo rellenamos y así podré conducir mi taxi hasta la puerta.

Chayo también rió. —Debíamos ir al ayuntamiento y exigir que el gobernador se ocupe de rellenar esta peste.

—¡Ese será el día!, cuando el gobernador haga algo por el pueblo. Además, es imposible rellenarlo. El arroyo desemboca en el mar. Se inclinó y miró arroyo arriba como si el océano estuviese a sólo unos cuantos metros de distancia.

Tonito haló el vestido de Chayo, y señaló al gallinero. —¿No le vas a cortar la cabeza, verdad, mamá?

Chayo levantó a su hijo y lo abrazó. —Este niño sólo habla de pavos. Mejor será que me ocupe del mole—. Serían eso de las nueve. Si no detenía a Santos, éste continuaría por siempre jamás. Chayo puso al niño en el suelo, se despidió de su vecino, y ella y Tonito entraron en la casa.

Lo que haría, sería flamear los chiles, pelarlos y sacarles la semillas, tostar las almendras y el ajonjolí en una sartén bien caliente y moler las especias en el mortero de piedra que había sido de su madre. Haría todo eso y *luego* mataría el pavo.

Alguien tocó a la puerta y Tonito corrió a abrirla. Era Marta con Richard a su lado.

Chayo dio la vuelta a la mesa ante la cual estaba parada. —Bien sabes que aquí no eres bien recibida —dijo—. El rostro de Marta reflejaba su súplica de que la perdonase. Ya Chayo había visto esa mirada muchas veces, y era insensible a ella; lo que le había hecho, hecho estaba, y ninguna súplica de parte de Marta cambiaría las cosas.

—Será mejor que te vayas —dijo Chayo, indicando su rechazo con la mano.

Marta se mantuvo firme. —Escúchame. Han pasado cuatro años. Bien he pagado por lo que hice, y a diario sigo pagando.

—Nunca pagarás lo suficiente.

Marta trató de entrar en la casa, mas Chayo la detuvo con un movimiento de la mano. A pedido de Chayo, Candelario había pintado de azul añil las paredes de la habitación, y Marta no debía entrar puesto que alteraría el campo de protección que ofrece el color azul.

Marta dejó caer sus brazos a los lados. —Soy tu hermana. Ahora que ha muerto tía Fina, Richard y yo somos tus únicos parientes sobrevivientes.

—Richard será siempre bien recibido. En cuanto a tí, bien podrías estar muerta.

Marta se recostó pesadamente contra el marco de la puerta. —¿Por qué no puedes perdonarme?

La voz de Marta era tan quejumbrosa que por un instante Chayo se sintió conmovida. No obstante, pensó en su hijo y en que se le había condenado a una vida de observación contra las picadas de abejas e insectos.

—¿Nunca me perdonarás? —preguntó Marta.

—Para lo que hiciste no hay perdón.

Marta miró a Chayo fijamente, y pasado un momento, dijo: —Si yo estuviera en tu lugar, nunca sería tan cruel.

—No estés tan segura —dijo Chayo mientras caminaba hacía la puerta, la que cerró de un portazo.

La boda de Esperanza y el maestro se celebró temprano, el día sábado, en la Iglesia del Carmen, en Santiago. Después de la ceremonia, se sirvió un desayuno de atole y tamales en casa de la novia, y en la noche, una cena en casa de la madre del novio. Desde un principio los planes de la boda se habían apartado un poco de la tradición. Primero, Esperanza misma había tenido que preparar el desayuno, puesto que no tenía padres que lo hiciesen. Además, cuando desfiló por la nave de la iglesia, no llevaba un traje de novia, sino un vestido rosa pálido, con una falda acampanada, y entredós de encaje en la cintura y en el cuello. Contrario a la costumbre, sola se había acercado al novio. De pie en el banco de la iglesia, Chayo había dado un codazo a Candelario, sin decir palabra, puesto que había que hacer ciertas concesiones tratándose de una novia que hacía ya algún tiempo había cumplido sus quince abriles. Cuando Esperanza pasó por su lado, Chayo estiró el cuello y miró hacia el frente de la iglesia donde estaba doña Lina, la madre del maestro, en el primer banco. Doña Lina estaba recostada sobre el brazo de su hijo Tomás. Después de la boda Tomás se llevaría a su madre a Veracruz, a vivir con él y su familia.

Ahora, tres horas después de haber empezado la recepción, Chayo estaba sentada debajo del árbol de mango, en el patio de la casa de doña Lina. Chayo se abanicaba con una mano. Amenazaba mal tiempo. En la tarde había llovido torrencialmente, una lluvia típica de la estación. La gente hablaba de la conveniencia de haber llovido entre los festejos. Argumentaban que la lluvia refrescaba el aire y por tanto los peinados se mantenían intactos y los vestidos inarrugables. No obstante, ahora el ambiente de la noche era húmedo, y las nubes amenazaban lluvia. Chayo tenía la certeza de que en algún lugar, la gente hacía apuestas sobre si la lluvia no caería hasta tanto Esperanza y el maestro estuviesen a buen recaudo en el autobús de medianoche con destino a Guadalajara. Las ramas de los árboles que le servían de bóveda a Chayo estaban adornadas con luces. Había luces enrolladas alrededor de las columnas de la galería, atestada de invitados, la gran mayoría estudiantes del maestro. Los niños habían convertido las habitaciones en un campo de juego, y Tonito y Richard corrían de un lado para otro. Poco después de haberse servido la comida (tres pavos asados y el mole de Chayo), Chayo había perdido de vista a los muchachos. Desde que empezó la fiesta, los muchachos habían sido inseparables, cada uno con sus pantalones negros y camisas blancas, y tan cerca en edad uno del otro que podían pasar por gemelos. Hacía un rato que Tonito le había preguntado a Chayo si después de la fiesta, Richard podía venir a la casa con ellos. Chayo contestó que lo pensaría. Ella había tenido a Richard en su casa otras veces, puesto que el disgusto no era con él. Sin embargo, en aquellas ocasiones Esperanza era la que lo traía, y esa noche Esperanza no actuaría de intermediaria. Hoy noche, ella bailaba con el maestro en la galería a los acordes de tres guitarristas contratados para la ocasión. Después de la ceremonia, Esperanza se había soltado el pelo y se había puesto un traje de viaje. Chayo observaba a la pareja. Bailaban despacio, mirándose a los ojos, y tan juntos que parecían una sola persona.

También doña Lina los observaba. Había bailado una pieza con su hijo y luego se había derrumbado en una butaca tapizada, que parecía querérsela tragar. Chayo cambió de postura en su asiento de espaldar recto e incómodo. Había comido demasiado mole y ahora la cintura del vestido le quedaba demasiado apretada. Fermina, la mejor costurera del pueblo, se lo había confeccionado de un corte de tela color violeta que Chayo había comprado en el Tianguis. Se sentía tan incómoda que deseaba no haber insistido en la pretina montada, y haber prestado atención a la sugerencia de Fermina de una cintura floja.

Luz Gamboa se dejó caer pesadamente en una silla vacía al lado de Chayo. —¡Ay! los pies me matan —dijo—. Luz lucía un traje verde con un escote que dejaba los hombros al descubierto. Sus aretes de vidrio a colores caían en cascada de sus orejas. Luz levantó un poco el pie como para examinar su zapato. Estos eran casi del mismo color que su vestido. La piel del frente del zapato estaba recogida de tal manera que formaba un lazo. —Son medio número menos —dijo a

Chayo—. El hombre no tenía mi número, pero así y todo, yo los quería. Me encantan estos lazitos.

Chayo rió. ¡Lo que no hacemos las mujeres! —pensó—. Es un milagro que Luz pueda caminar. Había bailado con esos zapatos por más de una hora con César Burgos. Luz era un espíritu alegre en brazos de César. A pesar de que él era un hombre serio, sus ojos se iluminaban cuando tenía a Luz entre sus brazos. Beto, el hijo de César, los miraba mientras bailaban, con una sonrisa en sus labios. —Tú y César parecen que van en serio —dijo Chayo.

Luz bajó el pie. —¡Ah, no sé! César y yo nos comprendemos.

—Ese siempre es un buen empezar —dijo Chayo.

—Sí. Quizás.

Candelario se acercó, se mantuvo de pie al lado de Chayo, ya que no había una silla vacía en todo el patio, o debajo del árbol. Cande tenía puestos sus mejores pantalones, los que tenían pliegues en la cintura, y que Chayo había insistido en que comprara. —Tonito quiere que Richard se venga con nosotros esta noche —dijo él.

—¿Dónde están los muchachos? —Chayo se enjugó recatadamente el escote que estaba húmedo de sudor.

Cande se sentó en cuclillas a su lado y Chayo percibió el olor a limón de la colonia que había comprado para él en el Tianguis. —Están adentro, mirando a Fulgencio Llanos tomar fotografías de los comensales.

Luz dijo: —César y Beto se están tomando las suyas. Yo no. No me gusta que me fotografíen.

Chayo echó una mirada más allá de la galería, a las ventanas iluminadas que daban a las habitaciones de la casa. Cuando Marta salió del comedor y miró hacia el patio, Chayo desvió la mirada. Había tenido suerte. En la iglesia y en el desayuno, y hasta durante la cena, Marta se había mantenido a respetable distancia.

Tonito y Richard llegaron corriendo. Les faltaba la respiración. —Mira, lo que me dio el fotógrafo —dijo Tonito—.

Hinchó el pecho y le entregó a Chayo una fotografía. Era una foto instantánea con el soporte y el ancho borde alrededor de la imagen. En la fotografía Tonito estaba muy derecho, con los brazos a los costados. Tenía una expresión seria como si lo hubiesen estado regañando cuando tomaron la fotografía.

—Estás muy serio —dijo Chayo, dándole un golpecito a la foto, la que entregó a Cande para que le echara una mirada.

—A mí también me dio una —dijo Richard, y ofreció su foto.

Chayo rió cuando la vio. En la fotografía la cabeza del niño estaba inclinada hacia un lado, con los ojos muy abiertos, llenos de curiosidad, y con las comisuras de los labios vueltas hacia arriba. —El fotógrafo te agarró cuando sonreías —dijo ella—, algo que Richard no hacía con frecuencia. Cande se inclinó para ver la fotografía.

—¿Puedo venir con Tonito esta noche? —preguntó Richard, frunciendo el ceño para demostrar cuánto lo deseaba.

Chayo despeinó al niño. —Muy bien—. Los niños saltaron de alegría.

—Se lo voy a decir a mi mamá —dijo Richard, y los dos salieron corriendo.

Chayo recogió las fotografías y se las metió al bolsillo. —Haz los arreglos —le dijo a Cande— contenta de no tener que pronunciar el nombre de Marta.

Los cuatro corrieron para dejar atrás la lluvia. Por toda la calle los faroles en las puertas de las casas proyectaban monedas de luz sobre la acera, y los niños iban de una a la otra, fogosos como potros que se escapan del corral. Tonito gritaba alegremente, esquivando las gruesas gotas de lluvia, mientras que Richard corría de cara al cielo, con la boca abierta para recibir la lluvia. A media cuadra, Chayo se detuvo para quitarse sus zapatos de altos tacones. Estaba enganchando un dedo a las correas cuando Cande tropezó con ella. —¡Uff! —dijo Chayo—. Rió, recuperó el equilibrio y le dio un empujón como por venganza. Cande también rió, la alcanzó y la atrajo hacia sí. Por un instante parecían una pareja bailando lentamente bajo la luz del farol de la esquina.

Los relámpagos pincelaban el firmamento; poco después se sintió el ruido del trueno. Richard aminoró el paso e introdujo los dedos en sus oídos. —¿Te dan miedo los truenos? —preguntó Chayo, corriendo hacia él. Asintió muy serio, y ella le entregó sus zapatos a Cande, que estaba a sus espaldas. —Estás ahora con tu tiíta —dijo—, mientras alzaba al niño en sus brazos y lo abrazaba fuertemente. —Vámonos a la casa.

Acababan de entrar, cuando el firmamento se desplomó. En la penumbra del cuarto miraban por las ventanas y observaban al aspecto borroso de la lluvia, así como la claridad que la luz de la puerta reflejaba sobre los límites de la vivienda. El limonero era una sombra azotada en el borde del arroyo. El cristal de la ventana se empañó y Cande, con un puño cerrado, frotó un círculo en el vidrio. Los muchachos rieron con una risita tonta, e hicieron lo mismo.

—El arroyo se va a llenar —pensó Chayo, y recordó como se había desbordado años atrás, cuando vinieron a vivir aquí. En aquella ocasión el agua había llegado hasta casi la mitad del patio, antes de empezar a retroceder. Ahora la lluvia tamborileaba sin cesar sobre el techo, y ella no quería pensar en el lodo y el hedor que la tormenta podría traer hasta su puerta.

Con la mano, Chayo alisó la falda de su nuevo vestido color violeta. El vestido estaba húmedo, así como su pelo. Tenía que cambiarse. En la obscuridad, tanteó la dirección del aparador; la planta de sus pies aún le escocía a causa de su carrera sobre concreto. Abrió el lado del aparador que le servía de guardarropa, y bajó el *zipper* de su vestido. Estaba a punto de quitárselo cuando recordó las fotografías. Las sacó del bolsillo y a pesar de mirarlas atentamente, no podía distinguir a los muchachos. Las apoyó contra el espejo del aparador y, en la penumbra, sus blancos bordes delineaban dos cuadrados espectrales.

Chayo se cambió, encendió la luz, y se secó el pelo con una toalla. También secó a los muchachos, y buscó algo de Tonito que le sirviese a Richard. Tonito dormiría en la cama grande entre sus padres, y Richard en el catrecito de Tonito, contra la pared. Los cuatro se acostaron, mas Chayo no podía conciliar el sueño, puesto que su mente estaba tan agitada como borrascoso estaba el tiempo. Se dijo que estaban a salvo dentro de la casa, mas el olor de la tormenta, un olor dulce impregnado de algo viciado que se colaba por debajo de la puerta y marcos de las ventanas, la intraquilizaba. Chayo cerró los ojos y trató de dormir, mas no cesaba de pensar en Esperanza y el maestro camino de Guadalajara, recorriendo carreteras peligrosas. También pensaba en su hermana, sola en casa de Esperanza durante la tormenta. Chayo abrió los ojos y miró la obscuridad. Pronto pudo distinguir los ramos de flores de papel que colgaban del techo. La proximidad de sus flores y el color azul de las paredes la alentaban un poco.

Transcurrido algún tiempo, Chayo se quedó dormida, de lo que no se dio cuenta hasta que despertó sobresaltada. Alguien tocaba a la puerta. Chayo se incorporó y, pasando sobre Tonito, sacudió el hombro de Cande. Este también se despertó sobresaltado al oir el golpeteo. Saltó de la cama y se puso los pantalones antes de ir a la puerta. La abrió y vió a Santos.

Chayo se dejó caer sobre la almohada, pues se daba cuenta de que era a Marta quien ella esperaba estuviese en la puerta.

Santos gritó sobre el ruido de la tormenta: —Hay un cerdo en el arroyo.

Cande salió a todo correr y Chayo se deslizó hasta la puerta. Amanecía. La incipiente luz del amanecer tenía un tinte verdoso. Chayo se sorpendió al ver que la lluvia había cesado. El ruido que oía no provenía de la tormenta, sino del arroyo. Una espuma de agua achocolatada corría por el cauce del río, ahora tan crecido que podía verse desde la puerta. Fue hasta el aparador y se cambió de ropa, cuidándose de no despertar a los niños. Estos habían dormido durante toda la bulla, lo que la alegraba. Salió fuera, y cerró la puerta.

Lo primero que observó al salir de la casa, fue que el limonero había desaparecido. El único indicio del lugar donde había estado era una grieta negra en la tierra. Chayo miró en dirección al arroyo; allí estaba el árbol acuñado entre las riberas. Chayo corrió hacia el árbol, hacia Cande y hacia Santos. El aire estaba tan húmedo y viciado que más bien parecía una barrera que había que salvar.

El cerdo estaba atrapado en el árbol. Era un cerdo gris, una cría, por su tamaño. Sus patas delanteras estaban enganchadas a la altura del pecho en la V que forman las ramas de los árboles. El animal tenía la cabeza en alto y los ojos desorbitados. Chillaba a voz en cuello con un chillido tan agudo que traspasaba el sonido de la impetuosa torrente.

El árbol se balanceaba con la fuerza del agua, y sus raíces formaban una agusanada garra que se elevaba y caía contra la orilla. —Salvemos el cerdo y lo comeremos asado —gritó Santos—. Se agarró de una maza de raíces y bajó hasta el río. La rapidez de la corriente lo barrió con fuerza contra el árbol. Enganchó con un brazo una maraña de ramas y se aferró a ellas. De haber querido hubiese podido tocar el cerdo.

—Voy a traer una cuerda —gritó Cande—. Corrió hacia la casa con Chayo detrás, gritándole que sólo los tontos arriesgan sus vidas por un cerdo para luego asarlo. Cande regresó de prisa con una red y una cuerda en cuya extremidad hizo un nudo corredizo. Lanzó la punta a Santos, quien se la echó por la cabeza y la bajó hasta los brazos. Cande haló la cuerda hasta que estuvo tensa y se la entregó a Chayo. —No la sueltes —dijo.

Demasiado sorprendida para discutir, Chayo continuó sosteniéndola. La mujer de Santos salió de la casa y, al ver lo que ocurría, vino y se aferró a la cuerda. Otros vecinos también salieron, mas como estaban al otro lado de la ribera, sólo podían observar.

Cande arrojó la red sobre el río y por un instante y antes de que cayera sobre el cerdo, se vislumbró un círculo color turquesa sobre el agua. El cerdo gruño sorprendido y luego volvió a quejarse con bufidos aún más penetrantes. Cande reclamó la cuerda de las manos de Chayo. Santos, al estar atado, empleó el árbol como apoyo, e intentó enrollar al cerdo en la red.

Santos lanzó su peso contra el animal hasta que éste se escurrió entre las ramas que lo tenían atrapado. El cerdo se hundió como una roca y Santos se sumergió detrás de él. —¡Chinga! —gritó Cande, quien afianzó bien los pies y utilizó la cuerda para izar a Santos y sacarlo del agua.

Santos se aupó sobre la ribera con sus ropas pegadas al cuerpo. Se sacudió el agua del pelo, y se deslizó de la cuerda que lo había rodeado.

—Mira —dijo Cande— y apuntó hacia el cerdo atrapado en la red color turquesa que iba río abajo sobre la cresta de una espumosa ola.

—Ahí va la cena —gritó Santos, y todos rieron, hasta los vecinos del otro lado del río se rieron a carcajadas, a pesar de que era imposible oirles.

Chayo miró río arriba en dirección a su casa. Había aclarado mucho y vio que su puerta azul estaba de par en par. Frunció el ceño, pues estaba segura de haberla cerrado; luego vio a Tonito. Estaba de espaldas a ella, pero reconoció su camiseta amarilla de "Batman". Tonito estaba parado al lado del hoyo abierto donde antes había estado el limonero. Chayo le gritó, pues su hijo estaba demasiado cerca del borde del hoyo.

Un zumbido de pánico retumbó en sus oídos. Chayo corrió hacia su hijo en el momento en que la tierra se hundía bajo los pies de su pequeño. Tonito cayó dentro del hoyo.

Chayo dio un grito. Llegando al hoyo, se asomó a él,

mas Tonito había desaparecido. Creyó que le habían jugado una mala pasada, cuando oyó a Cande exclamar. Tonito estaba en el río. Se podía ver la parte de atrás de su cabecita agitándose en el agua. También se veían sus brazos levantados como si quisiese mantener el equilibrio.

El limonero lo detuvo.

Chayo voló hacia su niño, mientras la corriente le daba vueltas a su figurita. Fue entonces cuando le vió la cara. No era Tonito el que estaba en el río. Era Richard, el hijo de su hermana.

Cande tomó la cuerda, haló la extremidad del nudo, la pasó sobre la cabeza y la tesó bajo sus hombros. Se dejó caer al agua aún antes de que Santos recogiera la otra extremidad para sostenerlo.

Chayo estaba a la orilla del río lista para zambullirse cuando el limonero crujió. Airosamente, puesto que aún en cosas como estas hay cierta gracia, el limonero se dejó ir. Como un portón verde y frondoso que se abre, la copa del árbol se apartó de la ribera. Richard se movió con el árbol, su pequeña boca abierta en un grito silencioso. Levantó un bracito hacia sus tíos antes de que el río se lo llevase.

Capítulo Catorce

Remedios

La Curandera

Remedios está en cuclillas a la orilla del mar, con el pico del pez espada sobre su falda. Allí había estado todo el día. A la izquierda, muy cerca, se levanta un promontorio. En ese lado del despeñadero, el mar está bravo. Sin embargo, en este lugar el mar forma una ensenada y está muy protegido. De haber sido un paraje con menos rocas y más playa, el sitio hubiese sido ideal para turistas.

El sol está bajo. Las olas traen la espuma del mar a unos metros de sus pies y luego la persiguen. No obstante, Remedios apenas se da cuenta. Su mirada está fija en un punto en el horizonte. De allá vendrá el cuerpo del niño. Vendrá aquí, a ella. Remedios se había percatado de eso cuatro años atrás cuando el niño era sólo un movimiento en el útero de su madre. Entonces, la muchacha, aún una niña, había venido arrepentida de lo que había hecho.

Y la curandera lo había deshecho.

Remedios se había purificado. Había tomado una pócima de yerbas y de cacto de San Pedro. Urraca, su fiel amiga, la había acompañado. Puesto que la muchacha lo necesitaba, el ave y el espíritu de Remedios habían volado sobre el mar y luego regresado a tierra. Fortalecidos con el poder que proporciona el aire del mar, habían revoloteado sobre la casa del brujo y hecho un llamado —urra, urra— anulando así el maleficio de éste. Remedios daba testimonio de ello, como también ahora atestiguaba que aún había algo que decir sobre la muchacha.

Hacía una hora más o menos, que la joven había estado aquí, sentada al lado de Remedios, mas ahora Marta estaba al otro lado del despeñadero. Durante el día había ido y venido con frecuencia. Familiares y amigos se habían reunido, pues pensaban, dijo Marta, que un cuerpo siempre regresa al lugar donde el mar lo reclamó.

Por supuesto que Remedios sabe que no es así.

Pasado algún tiempo, Marta y su hermana Chayo aparecen por la cima del despeñadero. Se toman su tiempo para bajar, sin perder de vista las dentadas rocas. Muy pronto, se encuentran de nuevo en la playa, sentadas una al lado de la otra.

—Cande está allá afuera en su bote —dice Marta.

—César Burgos también está allá en el suyo —añade Chayo—. Todos esperan, hasta Santos con su taxi.

Las tres guardan silencio, pues dan por sentado que el cuerpo será transportado en el taxi de Santos. Las mujeres contemplan el mar durante largo rato. Luego dice Marta con voz apagada: —Este es el lugar donde Roberto me violó.

—Lo sé —dijo Remedios—. Había sucedido allí donde crece la cortante yerba marina. Remedios lo había visto en la visión que tuvo cuando la muchacha fue a ella para un florecimiento, el ritual que había constituido su sanación final. Fue entonces cuando volvió a traer el pico al mar. Al introducir su extremidad en el agua, el pico le demostró aquello sobre lo cual hoy no cabía la menor duda, la semilla que en esta playa se derrama, a esta playa regresa.

Marta dice: —No dejo de preguntarme cuál será la ola que me devolverá a mi niño.

—Cada ola tiene su propia motivación —dice Remedios.

—Me volveré loca cuando venga la indicada.

—Así es —dice Remedios—, pero no estarás desorientada por mucho tiempo. Ella misma está lista para recibir el cuerpecito. Ha traído lienzo para envolverlo, y una hamaca para llevarlo. Trajo además, ramitos de romero y de laurel para perfumarlo.

—Cuando el niño llegue, no parecerá el mismo —dice Remedios—, pues piensa que el cuerpecito estará abotagado, dañado también por los peces al comer.

Chayo baja la cabeza, se lleva un puño a la boca y comienza a llorar suavemente. Marta echa un brazo alrededor del hombro de su hermana y la atrae hacia sí. Pasado un rato, Marta dice: —Cuando todo esto haya pasado, tomaré el camión a El Paso.

Chayo levanta la cabeza con sobresalto. —No, Tita, —dice.

Remedios se limita a asentir con la cabeza. El sol es un disco llameante que se abisma en el horizonte.

Remedios se pone de pie. Entierra el pico en la arena, a gran profundidad. —El niño se acerca —dice, y capta en el fulgor del sol poniente, la verde fosforescencia de las alas de Urruca.

Reconocimientos

FLAUBERT DIJO: EL talento es una larga paciencia. Lo mismo puede decirse del género novelístico. Desde que empecé, he luchado por mantener a raya la impaciencia, y hoy, después de un lapso de trece años, mi primer libro es una realidad. ¡Bendito sea!

Gracias a Marion Dane Bauer, mi amiga y mentora, quien fue la primera en creer en mí, y quien contribuyó a que yo creyese en mí misma; a los Tuesday Night Writers por eschuchar la lectura de borrador tras borrador y por sus inigualables críticas y su sincero apoyo: Polly Carlson-Violes, Daphne de Porres, Edis Flowerday y, en especial, a Judith Bernie Strommen, buena amiga y compañera del alma, quien siempre está dispuesta a escucharme cuando necesito hablar sobre el argumento, quien me ayuda a desenredarme cuando me siento enmarañada, quien siempre me dice la verdad y quien invariablemente me convence que no debo desistir.

Gracias a Jim Kondrick, mi esposo adorado, por siempre creer y creer; por su revisión con penetrantes ojos de águila, y por facilitar los pesos que me proporcionaron la libertad de escribir. Gracias a Christopher y Jonathon Title, mis hijos queridos, por no sorprenderse de que su madre pudiese realizar tal obra. Gracias a Jim Ables y Marta Benítez de Ables, mis papis, y a Anita de Alvarez, mi hermana, quienes leyeron cada borrador y quienes en todo momento me animaron a que siguiera adelante.

Gracias a The Loft, la organización que me inició en la profesión de escritora, la Minnesota State Arts Board, la Dayton Hudson Foundation, la McKnight Foundation, y la General Mills Foundation, cuyas generosas aportaciones monetarias me sostuvieron y quienes me reconocieron como escritora.

Gracias también a Ellen Levine, la mejor agente del

mundo, a mi Títi Sue, quien tradujo esta obra con su mente y su corazón, a mi Mámi y mi Pápi, quienes la pasaron con diligencia a la computadora.

Y, por último, gracias mil, Espíritu Santo, por nunca fallar en susurrarme al oído.